加藤周一
称えることば 悼むことば

加藤周一推薦文・追悼文集

鷲巣 力［編］

西田書店

称えることば　悼むことば　加藤周一推薦文・追悼文集

目　次

凡例

第一章　称えることば

第二章　悼むことば

凡　例

一　本書には、内容見本、新聞広告、書籍の帯などに加藤周一が書いた推薦文と、葬儀で述べられた弔辞と発表された追悼文とを収める。第一章に推薦文を、第二章に弔辞および追悼文を、それぞれ発表年代順に配列する。

二　本書に収めるにあたって、「推薦文」としての認定、「追悼文」としての認定は、編者と編集者とが協議のうえ決定した。

三　底本は「加藤周一著作集」「加藤周一自選集」、個々の内容見本、直筆原稿などさまざまあるが、何を底本としたかは明記しない。

四　表題は底本通りとするが、帯など無題の文については、便宜的に編者が表題を付して〔　〕で囲んで区別した。

五　各文末に初出の出典および初出時期を明示した。第一章の出典は断りのない限り明示した書籍の内容見本を意味する。第二章は初出掲載誌紙を明示した。初出の年月は分る範囲で示した。

六　ルビは編集部の判断により付した。

第一章　称えることば

すべての老幼男女に

ほんやくによって日本の古典文学をよむのは、大切なことである。源氏や西鶴の言葉は、語学的な障害という点で、私たちにとって外国語にちかいものだ。ほんやくがなければ、多くの人々は外国文学をよまない。現代語訳がなければ、多くの人々は源氏や西鶴をよまないだろう。ほんやくによって幾分の味は失われるかもしれないが、よまなければ、どんな味もない。現代語訳の源氏や西鶴は、少くとも週刊雑誌の小説と称するものよりは、はるかにおもしろいのだ。よみさえすれば、たとえば、「好色」は文学だが、「セックス」は文学でないということなどもはっきりするであろう。

しかしそれだけではない。日本文学は、源氏・西鶴ばかりでなく、仏教文学や江戸儒家の詩文にもこれを拡げてみるときに、そのおもしろさがいや増すのである。今度の「古典日本文学全集」は、その意味でも、天下の老幼男女をたのしませ啓発するために、大いに寄与するにちがいない。

『古典日本文学全集』全51巻（筑摩書房、一九五九年）

永井荷風の魅力

永井荷風の魅力は、少くとも私にとっては、まがいものを卻けて、ほんとうのものだけをとろうとしたその態度にあるように思われる。そのことと、多かれ少かれ意識的な原則にもとづいて、ひとつの生き方に徹底したこととの間には、関係があるだろう。そこから単なる「気質」ではない「個性」があらわれた。気質はもって生れた自然のものであり、個性は決心をしてみずからつくり出すものである。

二〇世紀前半の五〇年間の日本文学の世界には、沢山の気質ともち味があった。しかし徹底した原則と個性は少かった。荷風は例外である。例外であるにも拘らずではなく、例外であるからこそ、またその時代をもっともよく代表しているのである。現に荷風全集のなかには、時代の文化の問題のほとんどすべてをよみとることができる。その文章と共に、荷風が今も多くの人々をひきつけるのは、そのためだろうと思う。

『荷風全集』全27巻（岩波書店、一九六二年一〇月）

西田幾多郎全集への期待

私は昔、年少の頃、西田幾多郎の著作のいくつかを読んで、よくわかりもしないのに感心していたことがある。また人の噂にその偉大な哲学者であるということを聞いていたのはいうまでもない。今、私は、年少の私自身の経験も信用しないが、人の噂も信用しない。著作をはじめから終りまで読みとおしてみなければ、西田幾多郎については何もいえないだろうと考えている。その考えはそのまま私が西田幾多郎全集に寄せる期待である。

人間の住む世界の現実の一般的な構造を、概念の内部斉合的な体系にほん訳するという仕事に、抜群の成果をあげた人たちを、日本の歴史のなかに探してみると、鎌倉時代には道元があった。江戸時代には三浦梅園があった。明治以後の時代には、西田幾多郎があったということになるだろう。道元は仏教の言語を使った。梅園は朱子学の言語を用いた。西田幾多郎は西洋哲学の言語を自家用に役立てた。それは個人が択んでそうしたのではなく、その時代においてそうするほかはなかったのである。そのことも含めて、時代の精神は、その時代の風俗習慣にあらわれる以上に、その時代のいちばん大がかりな精神的力業にもっとも鋭くあらわれる。西田幾多郎を読むことは、おそらく明治以後の近代日本を読むことにならざるをえないだろう。

西田幾多郎は西洋哲学の言語を自家用に役立てたときに、それを日本語にほん訳して、日本語の文章のなかにはめこんだ。そういう道具――つまり西洋語からの訳語を沢山含む現代の日本語――を使って、どれだけ正確に概念の体系を組みたてることができたのだろうか、またはできなかったのだろうか。この人の全集を読むことは、またおそらく一般に現代の日本語でものを考えるときの正確さについて、その可能性と限界を検討するための、もっとも重要な手がかりを知ることにもなるだろうと思われる。

編纂者　安倍能成・天野貞祐・和辻哲郎・山内得立・務台理作・高坂正顕・下村寅太郎『西田幾太郎全集』全19巻（岩波書店、一九六五年二月）

ヴァレリー全集聲援

ヴァレリーが偉いのは、いくつかの言葉を見事に定義したからである、「舞踏」、「科學」、「建築」、「天使」、「古典主義」……「文明」とは、ひとりの人間の頭脳に宿る観念の多様性によって、測ることのできるものであり、「詩」とは、その言葉の意味においてよりも物的性質において、定義されるものであった。すなわち知識の専門化の傾向に對立するものとして、「文明」の概念を擁護し、言葉の世界の構造一般を、根本的に問うことに、この詩人は、生涯を賭けたのである。

またヴァレリーは、「私」という言葉を定義することの不可能も、見破っていた。しかし彼自身を、その出發点において『レオナルド・ダ・ヴィンチの方法への序説』と『若きパルク』により、鮮かに定義したのである。詩人は、その後、樹木のように、生長はしたが、決してその根の位置を變えることはしなかった。ヴァレリー全集の美しさは、ほとんど人生と化した公理體系の美しさである。

これほど抽象的で同時にこれほど微妙に感覚的な文學は、おそらく他にあるまい。抽象的な言葉は、正確に譯すことが困難であり、言葉の感覺的な含みは、その土地の人情風俗から離れてもっとも捉え難い。ヴァレリーが佛語であたえた定義は、他の國語に移すことの容易でないものである。故にたとえば英獨には、ほん譯全集のことを聞かない。けだしヴァレリー全集の邦譯は、空前の壯擧というべきであろう。聲援惜むべからず。

落合太郎、鈴木信太郎、渡辺一夫、佐長正彰監修『ヴァレリー全集』全12巻（筑摩書房、一九六七年一月）

テイヤール・ド・シャルダン著作集に寄す

「現象としての人間」を、宇宙の全体のなかに位置づけて、包括的に理解しようという企ては、みずから普遍的であろうとする文化の根源的な欲求にもとづくといってよいだろう。しかしそういう企ては、今日知られている事実をもって検証することのできる結論には、到達し難い。知識の綜合は困難であり、殊に自然と歴史についての学問をむすびつけることは困難である。

ピエール・テイヤール・ド・シャルダンは、古生物学的時代と歴史的時代とを一貫して見とおすことのできる観点をもとめて、「創造的進化」ではなく、「進化的創造」の観念に到達した。その結論は、私を説得しない。しかしその志は、無限に私を感動させる。（つまるところ人間とその世界は、一箇の全体であり、われわれはその全体とつき合わざるをえない。）

テイヤール・ド・シャルダンについて、私は十年ばかりまえに、短い文章を書いたことがある。（それより早く、日本語方言の研究家グロータース神父も、中国で識ったこの魅惑的なイエズス会士について、日本語で書いていた。）今その著作集のわが国で刊行されることを聞いて、今昔の感に堪えず、あらためてその思想の注目に値することを強調したいと思う。

宇佐美英治、山崎庸一郎訳『テイヤール・ド・シャルダン著作集』全10巻（みすず書房、一九六八年一一月）

感受性への忠実

日本帝国主義の大陸侵略の時代に、片山敏彦訳『リルケ詩集』を愛読する人は少くなかった。しかしリルケを好み且ついくさを憎むこと片山敏彦ほど激しい人は、ほとんど他にいなかった。

半ば鎖国状態の日本国（それは戦後までつづいた）に住んで、ロマン・ロランを崇拝し、西洋を理想化することで、その文化の一面を理解するのに、極限までゆくことのできた人。私はこの人から多くを学んだ。自己の感受性に忠実に生きるということ。夢想家だけが、帝国主義戦争の本質を見破れるだろうということ。

詩人片山敏彦の感受性は、芭蕉とボードレール、ドゥビュシーとボナール、ベルグソンの散文のなかにさえも、共通の何ものかを嗅ぎあてるほど鋭かった。その人は、怒り易く、無限に優しく、他人を理解せず、正義感にあふれ、小さな花や一つの旋律に汲みつくし難い感動を見出すことができた。

この著作集の行間には、必ずやその片山敏彦が生きているはずである。

『片山敏彦著作集』全10巻（みすず書房、一九七一年九月）

鷗外全集に寄す

鷗外森林太郎は、明治改革の時代に、西洋文化を受け入れ、江戸儒家の文明の遺産を襲いだ。その仕事は、近代日本の散文の基礎を築くことであり、全く独創的な一つの文学形式を生みだすことであった（いわゆる史伝）。しかも科学者としては、衛生学の技術を輸入し、実験科学の精神を説き、思索家としては、儒家の伝統に従って、超自然的な絶対者をではなく天下国家の現在と将来を考え、儒家とは異り、単に政策にではなく社会構造そのものに思いを致した。仕事は多方面にわたり、業績は、何れをとっても、群を抜く。

その人は生涯明治政府に官吏として仕えた。しかし致仕して山間に悠々自適する志がなかったわけではない（「北条霞亭」）。妻を容れるのに、世間の習いを重んじた。しかし女を愛することがなかったわけではない（「舞姫」）。その志も、その恋も、彼の生涯においては成就しなかった。みずから果し得なかった願いを断つのに、彼は克己の意志と仕事への献身を以てしたのである。克己の意志は、おそらく武家の伝統が支えた。仕事への献身は、鷗外ほどの人物において、たしかに明治社会がそれを必要としていた。

森鷗外において偉大なのは、個別的な仕事よりもその全体に係る精神である。すなわち全集によって、それを窺うほかはない。その精神のはたらきは、「舞姫」から「北条霞亭」まで、彼の生涯（およびあり得たかもしれない生涯）と密切に絡んで発展した。すなわち年代を追って著作の全体を読むに若かず。編年の全集はこの人の場合に殊に意味が深いのである。

『鷗外全集』全38巻（岩波書店、一九七一年一〇月）

亡命の問題三つ

日本人は留学するが亡命しない。宋末元初の禅僧は日本へ亡命したが、日本側から外国へ亡命した例は、ほとんどない。明治以後、また同じ。何故か。

一九三〇年代の欧洲から米国へ亡命することができたのは、知識人（殊に独墺のユダヤ人）、知的・経済的特権層であった。多くのユダヤ人は、強制収容所で死んだ。その間の関係を亡命者たちは、どう考えていたのか。

亡命の科学者と芸術家の、欧洲の文化的環境を離れての仕事振りは、同じではなかった。そのちがいは、何に由来したのか。そもそも文化の普遍性とは何か。

『亡命の現代史』六巻は、むろん、このような問題への答えを提供はしないだろう。しかしこのような問題を考えるのに、実に大きな手がかりをあたえるにちがいないと思う。

『亡命の現代史』全6巻（みすず書房、一九七二年九月）

齋藤茂吉全集賛

　齋藤茂吉は東京の人ではない。その言葉には東北の訛があり、その風貌には朴訥の趣があった。茂吉は亦医家である。その家業の学問的背景には、地方的な文化の特殊性を超える方法があった。その歌には、土の匂いがあり、同時に普遍的な知的世界へ向って解放された一面がある。思うに、その人の「田舎」と「学問」とは、歌において出会い、融合し、綜合されたのであろう。

　明治以後はじめて万葉振りを説いたのは子規である。その後万葉に拠って歌を作り、万葉を引いて歌を論じ、遂に万葉振りを三代の歌壇に重からしめたのは、茂吉である。そしておそらくそればかりではなかった。もし今世紀の日本の抒情詩が、短歌という形式において、もっとも完成した芸術的表現に到達したとすれば、そのことも亦歌人齋藤茂吉の仕事に係るところが大きいのである。

　齋藤国手は私の父の友人であった。息子の嗜好は、しばしば父とその世代の様式に抗う。しかししばしば祖父の業績を再発見する。今日の青年にとっては、齋藤茂吉がすでに祖父の時代に属するにちがいない。

再発見の時到る。けだし文芸上の古典の定義には、ただ一つしかない。是に抗い、再び是に還ることのできるものを、古典というのである。

童馬会編集『齋藤茂吉全集』全36巻（岩波書店、一九七二年一二月）

歓迎徂徠全集

江戸儒学の「日本化」は、仁斎に発し、徂徠に極まる。徂徠の影響は、南郭、春台に止まらず、もし徂徠学がなければ、おそらく仲基の批判的教義史、梅園の自然哲学、信淵の経済学、さらに宣長の古事記研究さえもありえなかったかもしれない。

いま日本の思想家を、その独創性、対象の包括性、論理の整合性、影響の拡りによって測り、五指を屈するとすれば、たとえば仏家に空海・道元、儒家に徂徠・白石、国学に宣長をみるだろう。空海・道元・白石・宣長には、早くから全集があって、ひとり徂徠にはない。

また元禄の文運の隆盛は、人の多く語るところである。句に芭蕉があり、詩に徂徠があった。時代の風俗を写しては、西鶴の小説があり、徂徠の紀行文があった。劇の近松門左衛門、歴史の新井白石。しかも元禄の大家のなかでひとり全集を欠いていたのは、徂徠である。

故に今日まで日本の思想・文学の学生が徂徠の業績を窺うには、江戸時代の「文集」を覗き、明治以後の「儒林叢書」その他に散見する僅かな文章を拾う他はなかった。不便且不完全。幸にして今みすず書房にその全集刊行の計画のあることを聞く。しかも編者は、吉川幸次郎・丸山真男の両家の、適任之に過ぐる者を想像し難い。すなわち曰く、歓迎徂徠全集。

吉川幸次郎・丸山真男監修『荻生徂徠全集』全17巻（みすず書房、一九七二年一二月）

「日本庶民文化史料集成」を歓迎する——

従来日本文化の歴史は、中国大陸の学芸に直接につながる上層と、庶民日常の生活に拡散する下層には薄く、主としてその中間に厚かったように思われる。たとえば文学史は、江戸時代を叙述するのに、儒家の詩文や落語川柳俗謡の類には疎であって、俳諧歌舞伎読本や人情本の類には詳しかった。

最近この傾向には変化がみられる。中国大陸に由来する思想文芸を究め、庶民の生活のなかの文化を探ろうとする学者は、それぞれ業績を積み重ねて今日に到った。しかし未だこれを総合して、一時代の文化の全体につり合いのとれた見透しを与えるような記述は少いようである。

「日本庶民文化史料集成」は、領域を「芸能」にかぎって、各時代の庶民の日常から上層の演出までを一貫して眺めようとする。もとより「庶民文化」は常に必ずしも、「芸能」にかぎらず、「芸能」はまた「庶民文化」にかぎらない。しかし両者の外延の重る部分は大きく、その意味で芸能史は、私が待って久しい総合的な文化史への戦略的要点であるといえるだろう。

私は先に、「日本庶民生活史料集成」から学ぶところが多かった。今同じ版元に「日本庶民文化資料集成」の快挙を聞く。私は大いに之に期待し、大いに之を歓迎するのである。

藝能史研究會編『日本庶民文化史料集成』全15巻・別巻1（三一書房、一九七三年一月）

仏教美術の評価に資する

「祖師西来」、その意を問うのは、禅の公案である。しかし西から来たのは、ボーディダルマだけではなかった。大乗仏教は東漸して北支に到り、さらに朝鮮・日本にまで及んだ。今日奈良の寺院は、大陸の建築様式の遺風を存し、その壁画には、西域の線描の跡をとどめ、その仏像の風貌には、六朝から唐朝の諸作を介して、ガンダラ、マドゥーラの面影がある。ガンダラ様式をさかのぼれば、ギリシャ彫刻に到ることはいうまでもないだろう。

奈良の文化は、外来文化である。しかし西に失われた仏教美術の、今なお東の涯に残るものがある。たとえばかくも洗練された古代木造建築。またたとえば六世紀から一三世紀まで建築・彫刻の様式の変遷をかくも見事に辿り得るという条件。しかもこの文化は、決して単純に模倣ではなく、巨大な国際的文化が異る地方において生みだした様式上の多様性の、もっとも輝かしい例の一つであった。その意味でたとえば、シチリアのギリシャ文化、イベリア半島のイスラム美術にも似る。

先に『奈良六大寺大観』を作った岩波書店は、今版を新たにして『奈良の寺』を作るという。かつは廉価、かつは記憶に便。しかも現地に見難い対象を、精巧な写真によって、眺めることができる。奈良の文化はもとより、仏教美術の総体の評価にも、その資するところ少くないだろうと思われる。

『奈良の寺』全21巻（岩波書店、一九七三年九月）

『論語』〈岩波文庫〉

私は『論語』読みだが、『論語』知らずである。読んで面白いと思うが、その註釈に通じていない。しかし儒者で独創的な体系を作った人は、ほとんど常に『論語』の独創的な註釈から出発しているようである。その状あたかも羅馬書の新解釈からプロテスタント神学の新見地を導き出してきた西欧近代の神学者たちに似ている。何らかの前提がなければ、思想の体系をつくることはできない。前提は、思想家の経験と文化の体系に超越する部分である。『論語』のなかには儒者の文化の全体を支えるに足りる何かがあった。それが何だかわからない。しかしたとえば孟子とくらべて読んで、『論語』が比較にならぬほど面白いのは、その何かが感じられるからだろうと思う。

『論語』新聞広告（岩波書店、一九七三年一〇月）

書巻を開き、古賢に逢ふ

古典を辨ずるには古典に據るに若かず。古人の曰く、「風鵬たるを樂《ねが》はず、霧豹たるを樂はず、媚を王侯將相に求めむことを要《ねが》はず、又言《ことば》を避《さ》り色を避りて、蹤《あと》を深山幽谷に刊《きざ》まむことを要はず」と。そこでどうするのか。「書巻を開き、古賢に逢ふ」。――けだし人の知識は時と共に増大するが、人の智慧は時と共に淘汰される。私は古人に賛成する者である。

〔岩波文庫〕新聞広告（岩波書店、一九七三年一〇月八日）

〔彼の生涯を分析することは……〕

あらゆる知的精神的活動は、その圏内にあった。そうしてあの敗戦までの日本に生きたのが木下杢太郎であり、彼の生涯を分析することは、日本の文化のほとんどすべての問題を分析することになるだろうと、私には思われるのである。

杉山二郎『木下杢太郎――ユマニテの系譜』帯（平凡社、一九七四年一月）

中村真一郎・その三悪と三善

中村真一郎に三悪あり。第一は、夏を軽井沢に過すことがあり、喫煙にパイプを用いることである。この習慣は、文芸批評家の趣味に反し、したがって彼らの弾劾するところとなった。第二は、婦人との交際である。交際して結婚せざるは、この国の醇風美俗に反するだろう。第三は、友人に加藤周一を算えることである。世に加藤を憎悪する者少からず。累はおのずから中村に及ぶことがあったし、あるだろうと察せられる。

中村真一郎に三善あり。第一は、天下の政事に係らぬことである。故に安んじて風雅の道に遊ぶことができる。第二は、書を読んで古今東西の文芸に渉ることである。したがって文壇一時の流行を文芸の大道と心得ることがない。第三は、その文章が明快で、おどろくべし、読めばその意味がはっきりとわかることである。思わせぶりの美辞麗句の落着いて考えれば何のことかよくわからぬ深刻さがないのは、けだし当代文苑の奇観というべきだろう。

中村真一郎『この百年の小説』カバー裏表紙（新潮社、一九七四年二月）

〔われわれ自身の思想の歴史をふり返り、そこから出発しなおす〕――

近代日本には自由主義的な時代が三度あった。その第一が維新後、第二が第一次大戦後、第三が敗戦後である。それぞれおよそ一〇年ばかり。第一の時期に、自由民権運動が興り、第二の時期に、自由ケ丘の地名が生れ、第三の時期に、自由（民主）党が作られた。この歴史の弱みは、自由ケ丘の〝自由〟が、自由民権の〝自由〟を踏まえず、自由民主党の〝自由〟が、自由民権や自由ケ丘の〝自由〟を継承せず、〝自由〟の語が、あらためて三度も西洋語から訳されてきたということである。事は〝自由〟の概念にかぎらない。われわれが独創的な思想を生みだすためには、われわれ自身の思想の歴史をふり返り、絶えずそこから出発しなおさなければならないだろう。私は〝近代日本思想大系〟が、そのための一助となるだろうことを、切に望むのである。

『近代日本思想大系』全36巻（筑摩書房、一九七四年四月）

講座『日本語』への期待

日本語は特殊な言葉である。その系統は定め難く、孤立語の性質が強い。文法的な構造にも、たとえばヨーロッパ諸語にくらべて、著しい特徴がある。名詞を修飾する句がその名詞のまえに来るのは、その一つである。社会との関係も特殊であり、話し手と聞き手との社会的関係によって同じ内容の文章の形が変る度合は、日本語において著しい。敬語の発達は、そのことの一つの表現である。また表記法に特徴があることは、周知の通りであり、外国語の影響が大きく、時代による変化がある面では少く（九世紀の歌の多くは、今の日本語の知識で読める）、ある面では大きい（今世紀はじめの小説の多くは、今の学生諸君の知らない単語を沢山含んでいる）ということもある。

しかし日本語は普遍的な言葉でもある。明治以後のヨーロッパの法典・学術書・文芸の翻訳は、そのことをあきらかに示す。またよく考えぬかれてよく表現された日本語の文章は、ほとんどすべて、かなり正確に、ヨーロッパの言葉に訳すことができる。日本語による日本人の思考の内容には、あきらかに高度の普遍性があるだろう。

日本語の特殊性と、日本語による思考・文化の普遍性とは、どう関係しているのだろうか。これが私の年来の関心であり、その答えの手がかりをあたえてくれるかもしれないというのが、今世に出るという岩波講座『日本語』への私の大きな期待である。

編集委員　大野晋　柴田武　岩波講座『日本語』全12巻　別巻1（岩波書店、一九七六年九月）

『三人のマリア』を推薦する

『新ポルトガルぶみ』は、女の側からみた性の証言である。ファッシスト政権とカトリック教会と伝統的文化との圧力のもとで、性的存在に還元された中産階級の女の、大膽な告白。しかしその状態からの解放を説く『新ポルトガルぶみ』は、また「フェミニスト」（女の解放運動家）の宣言でもある。その内容は解放の方法を示さない。しかし社会的事件としての『新ポルトガルぶみ』の出版は、ファッシスト政権によって発禁逮捕された書物およびその三人の著者の解放が、ファッシスト政権を倒した革命によってのみ可能であったことを示している。

見るべし、日本の役人がこの書物によって彼らの「劣情を刺戟」されるや否や。日本の良家の子女がこの「三人のマリア」によって彼女らの勇気を鼓舞されるや否や。

マリア・イザベル・バレノ／マリア・テレサ・オルタ／マリア・ベーリョ・ダ・コスタ著、藤枝澪子訳『三人のマリア』（人文書院、一九七六年一一月）

堀辰雄愛読の弁

堀辰雄の条件は、二つあった。内には肺結核、外には軍国日本。そこで信州の高原に病をやしないながら、いくさにまきこまれてゆく東京の文壇をはなれて、ただひとりの世界をまもった。その世界は、同時代の日本にとって、あまりに小さなものとあまりに遠いものとから、成りたっていたようにみえる。一方では、早春のこぶしの花と午後の微熱、他方では、平安朝の物語と海彼岸の詩人たち……堀辰雄はそこに独特の題材を独特の文体で描く小説的な小宇宙を作った。それほど確乎たる自己実現への決意、それほど一貫した精神的独立の勇気は、当時の文苑に稀であったばかりでなく、今日においても多くないだろう。

星霜二十余年、堀辰雄の死後に、結核に対しては化学療法が普及した。軍国主義に対してはまだ決定的な療法がない。その解答を堀辰雄全集に見出すことはできないが、それをもとめるのに、懦夫をして起たしめる一身独立の気風は、その全集の行間に読むことができる。堀辰雄は、権力におもねる才子ではなかった。愛読し、また愛読すべし。

編集　中村真一郎・福永武彦『堀辰雄全集』決定版全8巻・別巻2（筑摩書房、一九七七年四月）

「杜甫詩注」への期待

中国の文明は、世俗的な抒情詩にすぐれる。その歴史の長さにおいて、その題材の幅において、その技法の洗練において、おそらく他に匹敵するものがない。杜甫はその中国の抒情詩人を代表する。

私は外国語の抒情詩を評価する能力に甚だ乏しいが、察するに、抒情詩をとおして世界に対する一箇の人間の態度を定義し、杜甫に及ぶものは古今東西に少ないだろうと思う。ホラティウスも、フォン・デル・ワイデも、またヴィヨンも、杜甫の感情の起伏と関心の範囲の変化と拡がりには、到底及ばない。

題材は多岐にわたり、技法は複雑をきわめる。私は杜詩を読むのに注釈に頼らなければならない。注釈はすでに多い。それを比較勘考して集大成することは、ひとり碩学のなし得るところであり、私がそれに就くのを待ち望むところである。しかもそれだけではない。

古典の注釈はまた一種の文学である。事は中国におこり、徳川時代の日本にも及んだ。この伝統は西洋のものでない。いま吉川幸次郎先生の「杜甫詩注」二十冊は、その学識の成果であるのみならず、暢達明快の文によって、日本文学の伝統を現代に生かすものになるだろう。私はそこに、読書の便宜ばかりでなく、また戦後日本文学の傑作の一つを期待するのである。

吉川幸次郎『杜甫詩注』全20冊（筑摩書房、一九七七年九月）

本選書に期待する――

「現代選書」には西洋語からの訳書が沢山あって、その翻訳がよければ、そのことが劃期的だろう、と私は思う。領域のこれほど異る名著のよい翻訳を作ることはむずかしい。原文に忠実で、和文として読み易いのが、よい翻訳である、――というのは、実は何もいわないのと同じことである。なぜならその二つの条件の一方を立てれば、他方が立たないだろうからだ。どういう標準が考えられるか。私がよい翻訳に期待するのは、できるだけ原文に忠実な訳でも、いちばん読み易い訳でもない。適度の忠実さを前提として、そのかぎりでの読み易さの最大限度に近い訳である。忠実さの適度は、その本の目的によってちがう。たとえば哲学論文の翻訳に必要な忠実さは、文学作品の翻訳に必要ではないだろう。その微妙にちがう忠実さの適度に標準を合せた翻訳が、この「選書」に相次いで現れることを私は待っている。

『岩波現代選書』（岩波書店、一九七八年四月）

人と方法

太田正雄、筆名木下杢太郎は、科学者にして詩人である。なお先の森鷗外の如く、また後の宮澤賢治の如くである。その仕事は多方面にわたった。

科学者としては、皮膚科学の領域に、多くの業績がある。詩人としては、青年の時に、抒情詩を作り、戯曲を書いた。世間に広く知られているのは、主としてそのためである。また後には、切利支丹宗門史、中国古代医学史、また殊に中国の仏教美術史に、関心を示して、いくつかの著作を成した。晩年には、野草の図譜を作り、かつては画家を志した青春の夢と、本草学の伝統と、その人のすべての仕事を一貫した形態学的方法とを、そこに綜合したかのようにみえる。

多方面の仕事は、それぞれ、それとして素晴しい。しかしその全体をやりとげた精神は、それ以上に素晴しいだろう。個別的な仕事の意味を超えて、その人物こそは、日本の近代史上、重要な事件であった、と私は考える。人物を理解するためには、生涯にわたる日記が貴重な資料であること、いうまでもない。故に私は、木下杢太郎において殊に、その日記の刊行を歓迎するのである。

『木下杢太郎日記』全5巻（岩波書店、一九七九年一〇月）

推薦のことば〔日本人の自伝〕

自叙伝は、その人の生涯の事実の、その人自身による解釈である。事実は、歴史の資料として役立つだろうし、解釈は、人とその時代の文化を反映して、文学的興味をよびさますだろう。

近代の日本人の自叙伝は、これを集めてみれば、おそらく同時代の小説の主人公よりも、はるかに多様な個性的人物像を、描き出している。この人々は、単に気分に従って生きたのではなく、考えて自己の生涯を択び、常に大勢に順応したのではなく、しばしば少数意見に徹底し、近代日本の発展を、単純な成功物語としてではなく、激しい批判の対象としても捉えていた。「日本人の自伝」、まことに就いて見るべきものと私は思う。

『日本人の自伝』全25巻（平凡社、一九八〇年一〇月）

なぜ抗議をするのか――

大江〔健三郎〕は何故抗議をするのか。彼は政策の批判者ではない。またマルクス主義者がそうするであろうように、六〇年以後の「経済大国」に代替の体制を対置する革命家でもない。ラブレー Rabelais から「ヒッピーズ」までの空想的な物語または生活様式を通じて、体制を支える価値の体系に、彼ははっきりした拒否の意思を示す。その拒否は、どういう積極的な価値に由来するのか。それはおそらく平和であり、樹木であり、生命の優しさでもあるだろう。たしかにそれこそは、もし文学者が語らなければ、誰も語らないだろう壊れ易いものである。時代の条件は、――あるいは一世代の現実は、その受容や描写よりも、それを批判し、拒否し、乗り超えようとする表現の裡に、またその表現の裡にのみ、抜きさしならぬ究極の性質を、あらわすのである。

『大江健三郎同時代論集』全10巻（岩波書店、一九八〇年一〇月）

試されるその志と力――

再び愚かな権力の勇肌がめだって来ている。日本の学者はこれからその志と力とを試めされることになるだろう。

学問は、価値中立的で客観的な事実の尊重に徹底することにより、蔽いかくされた事実を明かにし、神秘化された歴史を脱神秘化し、集団的な感情の興奮に水をさすことができる。学者はまた、学問の社会的な、したがって政治的な役割の非中立性を自覚して、平和と人権の価値をまもり、軍産学体制の成立に抵抗することもできる。

そういう可能性を実現するためにも、学者の集団の過去の努力を、ふり返って検討する必要があるだろう。したがって今、私は『現代社会と科学者――日本科学者会議の15年』の刊行を歓迎する。

日本科学者会議編『現代社会と科学者――日本科学者会議の15年』（大月書店、一九八〇年一〇月）

二葉亭問題

二葉亭四迷は、いやだから首相の宴会には行かない、といった人である。「このいやといふ声は小生の存在を打てバ響く声也」。そのことと、彼がロシア文學のなかで、ツルゲーネフばかりでなく、ガルシンやゴーリキイを訳したこと、また小説を書いて同時代の日本の一市民の日常生活を、その條件を超えようとする願望との関聯において描いたこと、さらに日本語の散文を日常的な話し言葉に近づけた（一致させたのではない）こととは、密接に係っていたにちがいない。

かくして文學を愛することだけでなく、その意味を深め拡大することが、必ずしも文士のみの事業ではない、という逆説を、二葉亭は身をもって生きた。彼が提出したのは、いかに文學と美學を切離すか、という問題であり、それはそのまま今日の日本文學にとっての中心問題でもある。

「二葉亭四迷全集」讀むべし。

河野與一、中村光夫編集『二葉亭四迷全集』全9巻（岩波書店、一九八一年一月）

意味の大きい日本語訳

中国とギリシャの古典を主として、十八世紀までの世界の代表的な文学作品を、五十巻に集めれば、どうなるか。その一つの答が、この「世界古典文学全集」である。

これをみれば、その後の文学がいかに多く、古典をふまえ、古典を引用してきたかがよくわかるだろう。たとえば中国の詩文が詩経や論語を引き、英国の文学が聖書やシェイクスピアを引くが如くである。また文学の代表的な形式が、ほとんど三千年にわたり、叙事詩・宗教哲学的著作・歴史伝記・劇であって、全く例外的に小説を含むにすぎない、ということもわかるだろう。古典文学の五十巻、小説はわずかに「ドン・キホーテ」の二巻のみ。

このような古典の書かれた言語は、およそ一ダースにも及ぶから、原語によってそのすべてを読むことは極めてむずかしい。すなわち日本語訳の意味も大きいのである。「世界古典文学全集」はまことに有益な事業である、と私は考える。

『世界古典文学全集』全50巻（筑摩書房、一九八一年三月）

何故杢太郎全集か

殊に木下杢太郎の場合に、断簡零墨までも集めての全集を、私が歓迎する理由は、三つある。

第一、杢太郎の業績は、多くの領域にわたり、その仕事は生涯を通じて発展した。たとえば白秋を抒情詩によって、鏡花を小説によって、評価することはできるだろう。しかし杢太郎を一時期の一領域の作品によって評価することはできない。評価は全集を前提とする。

第二、歴史的にみれば、西洋の文物のなかで、それを日本国が輸入し、よく消化し尽した典型的なものは、科学技術である。科学的な見方、あるいは考え方は、日本人の心のなかに、いかに立入り、いかに働いてきたか。その問いに答える重要な鍵の一つは、科学者であり同時に詩人でもあった杢太郎の文章の行間にかくされているはずだろう。

第三、今その人物を知るには、全集を繰り返し読んで想像するよりも確かな方法がない。しかもその人こそは、おそらく、一個人の世界を知的および感覚的に限りなく豊富にしてゆく方法の、――すなわち今ではほとんど忘れられたであろう「教養」というものの、微妙な秘密を知っていたのである。

野田宇太郎・三輪福松・澤柳大五郎・河合正一・新田義之編纂『木下杢太郎全集』全24巻（岩波書店、一九八一年四月）

大岡昇平・人と作品

大岡昇平は、生涯をかけて、太平洋のいくさの経験とつき合ってきた作家である。『野火』から『レイテ戦記』まで、その作品は、個人的経験の客観化であると同時に、同時代の国民的経験の証言でもある。その文章は、叙述の内容の正確さと表現の明瞭さによって際立ち、一方の石川淳、他方の中野重治の後、現代日本語の散文の一つの可能性を示す。

その人は、国家権力との関係においても、常に確乎として、その文学と整合的な立場をとってきた。芸術院の会員に推されて、それを断ったのは、その一つの表れである。けだしいくさは権力の発動そのものであるから、権力に阿諛しながら、いくさの経験の意味を見きわめることはできない。立場の首尾一貫すること、かくの如き人物は、今の世の中に少いだろう。

大岡昇平の人と作品は、両つながら現代日本の文学を代表するに足りる。『大岡昇平集』読むべき哉。

『大岡昇平集』全18巻（岩波書店、一九八二年五月）

知識と枠組と――

古代から今日まで、日本人は何を、どういう風に、考えてきたか。そこには、日本の思想に強い影響をあたえてきた中国大陸や西洋の思想とちがって、どういう特徴があるのか。殊にいくつかの基本的な概念――たとえば時間や空間、社会の秩序や自然の構造、美的・社会的・宗教的価値――について、そういう問題を検討するためには、理論的な枠組と同時に、個別的な事実についての正確な知識を必要とするだろう。

『講座日本思想』が今日の学界の到達した知識の要約を提供してくれることを、またその知識を意味づける理論的な枠組について多くの示唆をあたえてくれることを、私は期待している。論文の対象についても知りたいし、またその著者についても――つまるところ文は人なりであるから――私は知りたい。

編集　相良亨／尾藤正英／秋山虔『講座日本思想』全5巻（東京大学出版会、一九八三年八月）

『日本古典文学大辞典』の効用への期待

日本の古典文学は、今日の日本文化にとっての大きな遺産である。しかもその作品の本文や、作者や、社会的背景についての基礎的な事実は、いよいよ多く知られている。しかしこのような情報の量の増大は、研究の専門化を伴う。たとえば一人の詩人について、今日どういう事実が知られていて、どういう事実が知られていないか、専門家でない読者がその見通しを得るためには、情報の整理と提供のし方に特別の工夫が必要であろう。その工夫の一つが、文学辞典である。かくして一般に日本文学辞典の効用は、日本文学の研究が進めば進むほど大きくなるにちがいない。

文学辞典は、また、明示的に、あるいは暗示的に、文学の概念を定義する。しかるに文学の概念は、地域や時代によって異る文化のなかでは異っていた。すなわち文化の特殊性に超越する普遍的な文学の定義は、なかったし、今でもない。したがって、あたえられた特定の文化のなかで、どういう定義を採用すれば、その文化のなかでの文学を、もっとも有効に（あるいはもっと面白くといってもよい）叙述することができるか、という問題が生じるはずであろう。日本文学の場合には、定義は広いほうがよかろう、と私は考える。今岩波書店が刊行する『日本古典文学大辞典』は、文学の範囲を広くとり、たとえば一方で徳川時代の漢詩人を広くとり、他方では口誦の笑話や落語の類に及ぶ。これは殊にこの辞典の効用が大きいだろうと私が想像する理由の一つである。

岩波書店は先に『国書総目録』を作り、今『古典文学大辞典』を作る。両者は相互に補完的であり、おそらく情報の網羅性と正確さにおいても相応じるにちがいない。そのことも含めて、私はこの辞典の一般的および特殊的な効用に期待する。

〔監修〕市古貞次　野間光辰〔編集〕秋山　虔　大久保正　大谷篤蔵　久保田淳　佐竹昭広　信多純一　堤　精二　中村幸彦『日本古典文学大辞典』全6巻（岩波書店、一九八三年九月）

戦後文学史上、思想史上の記念碑

中野好夫の話題は、まことに多方面にわたる。シェイクスピヤからアラビアのローレンスまで、憲法から徳富蘆花まで。そこに一貫するものは、何であろうか。

第一に文章。それは平易明快ということばかりでなく、町の人々の間に混って、そこで感じ、そこで考えるということが、身についた人の、その人がらのあらゆるところに浸透した文章である。その文章の背景には、博識ではなくておそるべき学識があり、審美主義のすべての形式に対しては偶像破壊的に、エリート主義に対しては容赦なく破壊的に、作用する。戦後文学史上、これは全く独特である、と私は思う。

第二に思想。戦争の経験から抽きだされた平和主義・反軍国主義の立場が、敗戦直後から今日まで、話題の如何にかかわらず著作のあらゆる面に、反映している。敗戦直後から今日までの変らぬ立場は、戦争の経験の内面化が、いかに徹底していたということを示すだろうし、あらゆる面での反映は、根本的経験の全体化、すなわちその世界観との関聯がいかに密接であったかを証するだろう。その立場は、また少数者の権利の擁護という意味での自由主義である。このような思想的立場の一貫性は、戦後思想史上、例の少い記念碑である、と私は考える。

以上二つの点からみて、中野好夫集の刊行の意義は大きい。私は多くの若い読者がこの著者を知ること望むのである。

加藤周一・木下順二編集『中野好夫集』全11巻（筑摩書房、一九八三年一一月）

『中村真一郎評論集成』の出版を歓ぶ

今日小説の読み手として中村真一郎の右に出る者はないかもしれない。まずその範囲が広く、古今東西にわたる。しかもそこには選択が働いている。『源氏物語』から『失われし時をもとめて』まで。李杜の余光の江戸に及んだ頼山陽から、独逸浪漫派の精神の巴里に花咲いたネルヴァルまで。しかし西鶴を語らず、ゾラを論じない。

その読みはその人をあらわす。中村真一郎は他人を攻撃することがなく、他人を理解する。小説の多様な世界を評価して、まことにきめ細かく、まことに行き届き、決して粗雑なことがなく、決して単純化に流れない。その評論の文章には、形式に対する鋭い感受性があらわれていて、読む者を愉しませながら、遥かに遠いところまで導いてゆく。

青年のときから今日まで、私にとって、中村真一郎は文学の、殊に小説の、この上もない案内者であった。その中村の『評論集成』は、多くの読者にとっても、文学を不断に発見することの無上の歓びをあたえるだろう。

『中村真一郎評論集成』全5冊（岩波書店、一九八四年三月）

日常生活で事典を活用する読者のために——

われわれが作ろうとしたのは、現代の情報化社会に適応した百科事典である。

情報化社会の特徴は、大きくみて二つある。その一つは、大量の情報の加速的蓄積であり、もう一つは、その情報の専門家による独占の傾向である。このような状況のなかでの百科事典の役割は、第一に、専門家のもつ情報を誰の手にも入り易くすることであり、第二に、大量の情報を整理し、知識相互の関係をあきらかにしながら、何が重要で、何が重要でないかを判断するための手がかりを提供することであろう。

第一の目標を達成するために、われわれがこの百科事典においてとった手段は、『大百科事典』の内容を圧縮した形の16巻に集中し、机上で扱い易くしたこと。またそうすることで全体の値段を安くしたこと。色刷り写真の飾りを廃して、情報伝達の手段としての単色手書きの図版を徹底的に活用したこと。また専門用語、特に自然科学・技術関係の概念の説明に、百科事典として画期的な工夫をこらし、素人の理解を容易にしたことなどである。

第二の目的、単に情報を提供するだけでなく、それを整理するために、われわれのとった方針は、学問的体系においては基礎概念（たとえば数学での関数）、技術的体系においては根本原理（たとえば電算機の論理回路）を十分に説明すること。一つの項目を学際的に扱うこと（たとえば動物名を動物学的に記述するばかりでなく、民俗学的にも説明すること）。また日本の百科事典として、日本の歴史と文化を重んじ、次にアジアを重んじ、さらに西洋に及んでも、たとえばそこでの事件や人物の日本にあたえた影響に注目することなどである。

床の間の飾りでなく、日常生活で事典を活用する読者に、この百科事典が役立つことを願っている。

『平凡社大百科事典』全16巻（平凡社、一九八四年五月）

〔富永仲基の発明〕

佛典に対する態度に三者あり、即ち最勝・選択・加上である。加上は、思想の史的発展を批判的に理解するための原理であり、ひとり富永仲基が発明して、儒神二道に及ぼそうとした。西洋近代の思想史の影響以前、けだし日本国においては空前絶後の事業であろう。今はじめてその仲基の生涯・思想・書誌の研究を集成して周到な一書があらわれた。慶賀に堪えず。

梅谷文夫・水田紀久『富永仲基研究』帯（和泉書院、一九八四年一一月）

仏典読むべし

仏教渡来して、千年以上の間に、日本人が工夫したのは、神仏習合、鎌倉仏教、寺請制度などである。日本文化が仏教から受けとったのは、過去・現在・未来に分節された時間の概念、世界観の普遍性への志向、信仰の個人化の可能性などである。

今日の日本文化は、何に拠って、価値を基礎づけようとするのか。神道の特殊主義では間に合わない。ユダヤ・キリスト教は、民衆に浸透しない。家父長制を背景とする儒教は、社会的現実に反するだろう。仏教の再検討は、未来へ向っての急務ではなかろうか。

漢訳仏典読むべし。『仏教経典選』の刊行は、大いに歓迎すべきものと、私は考える。

『仏教経典選』全14巻（筑摩書房、一九八六年四月）

『木下順二集』に寄す

木下順二は、われわれの時代の証人である。盧溝橋から今日まで、半世紀の間におこった重要な出来事で、直接または間接に彼が語らなかったものはない。

しかし殊に、木下順二こそは、考える人である。考えるとは、個別の出来事を歴史の全体と関連させて、その意味を見出そうとすることであり、あたえられた状況を、証言すると同時に、超えようとする行為である。その超越の形式が、木下順二における劇である。劇は叙述せず、意味を伝える。

日本語の乱れに乱れた時代に、木下順二はまた、日本語による表現を、考え抜いた人でもある。そして遂に、方言や古典の言葉で、民話や古典が語らなかった今日の世界について、語ることができた。『夕鶴』から『子午線の祀り』まで。

日本語で考えるとは、どういうことだろうか。その代表的な答が、この美しくも痛切な『木下順二集』である、と私は思う。

『木下順二集』全16巻（岩波書店、一九八七年一二月）

古典文学の範囲を拡げる

「新日本古典文学大系」は、先の「日本古典文学大系」の含まない多くの作品を、その目録に加える。しかもその一部は、今日、本文を手に入れることの容易でないものである。これは大いに便利なことで、私が「新大系」を歓迎する第一の理由である。

しかし、それだけではない。文学とは何かを定義するのは、つまるところ古典の目録である。私はその定義のゆるく広いことを望む。先の「大系」の第一期よりも第二期は、ためらいながらも目録の範囲を拡げた。「新大系」がさらに範囲を拡げたのは、あきらかに日本の文学の概念の拡大を意味する。これは私の歓迎の第二の理由である。

佐竹昭広・大曾根章介・久保田淳・中野三敏編集『新日本古典文学大系』全100巻（岩波書店、一九八八年一〇月）

劃期的な出来事

本居宣長は古代日本語の実証的研究の基礎を作った人である。また日本の人民の伝統的心情(いわゆる「大和心」)を、意識化して、学問の水準にまで昂め得た空前絶後の人でもある。大野晋・大久保正編集校訂の全集は、その宣長の全集の名に値する最初の全集であり、それが近く完結することは日本文化史上の劃期的な出来事といってよいだろう。

しかも宣長については大きな三つの問題があって、そのどれにも決定的な答がない。何故彼だけが「大和心」に学問的表現をあたえ得たのか。何故その遺言が仏式と神道流との二つの墓を指定したのか。何故同じ一人の人物が、『古事記伝』の緻密な実証的研究者と、『馭戎慨言』の粗雑な狂信的デマゴーグを兼ねることができたのか。そういう問題を考えるためにも、完備した全集は必要不可欠の条件である。遂にそれが出現することを、私は大いによろこぶ。

大野晋・大久保正編集校訂『本居宣長全集』全20巻・別巻3(筑摩書房、一九八九年四月)

ポリフォニーとしての中世思想――

西洋のキリスト教的中世は、「暗黒時代」ではない。古代ギリシアの光を消さず、近代へ伝えたのは中世である。中世の思想は、その立場と意見の多様性により、また主観に超越する客観的世界秩序の全体への関心により、独特の知的展望を開いた。その建築様式と「ポリフォニー」は、芸術的西洋を定義したと言えるだろう。

しかるに日本の西洋文明理解は、今日まで、近代と古代に厚く、中世に薄かった。今「中世思想原典集成」の出版をみるのは、単に有意義であるばかりでなく、画期的事件である。

監修上智大学中世思想研究所編訳『中世思想原典集成』全20巻（平凡社、一九九一年八月）

推薦の言葉より〔写真集山本安英の仕事〕――――

「山本安英の仕事」の全体を記録する本が出るのは素晴しい。仕事の記録はまた人の記録でもある。みずから選んだ原則に従って一つの人生を生きぬいてきた人格、――そういう人格の軌跡に接するほど素晴しいことはない、と私は思う。

『写真集山本安英の仕事』（影書房、一九九一年一一月）

そのおどろくべき「多様性」

中村真一郎は生涯を小説とともに暮してきた人である。すなわち小説を読み、小説を書いた。これは全く例外的な現象であろう。一般に読む人は書かず、書く人は読まない。その人を知るに三つの道がある。会って話を聞くのは、その一つである。話は常に面白く、必ず知的刺戟に富む。彼がどういう小説を、どう読んだかは『中村真一郎評論集成』にあきらかである。その通読は、彼を知るためのもう一つの道である。

中村はどういう小説を書いたか。それが第三の道。方法に意識的で、あらゆる種類の小説を書こうとした。そのおどろくべき多様性――つまるところ彼の世界の豊かさそのもの――は、傑作の一篇をではなく、まさに『小説集成』を読む者のみが知り得ることであろう。それは同時に生涯の仕事の発展を辿ることでもある。発展は成熟であった。

『中村真一郎小説集成』の刊行よろこぶべし。多くの読者が私とそのよろこびを共にすることを願う。

『中村真一郎小説集成』全13巻（新潮社、一九九一年一二月）

本書の刊行によせて

年を追って荷風の仕事を見ることに、二つの利点あり、第一に、荷風は時代とともに変ったからであり、第二に、その本質はまったく変らなかったからである。西洋から帰った荷風は、化政の江戸文化を東京にもとめ、軍国日本がその名残りを一掃するや、人情を濹東に探り、浅草に遊んだ。小説の主人公もまた芸者から私娼や踊子に移る。しかし一貫して、文壇の流行に従わず、天下の大勢に附和雷同せず、決して批判精神を失わなかった。編年順荷風全集揃すべし。

稲垣達郎・竹盛天雄・中島国彦編『荷風全集』〈新版〉全30巻（岩波書店、一九九二年二月）

社会科学の批判的検討に向けて――

日蝕がいつ起るかは正確に知ることができるが、革命がいつ起るかはわからない。しかし日蝕よりも革命の方が、われわれの生活に大きな影響をあたえる。自然科学と社会科学とでは、予見可能性と共に扱う対象の性質がちがう。その方法はどうちがうか。社会科学の広大な領域をみわたして、およその見当をつけるためにこの講座は役立つだろう。そこでとり得る態度は二つあるかもしれない。〝諸行無常〟は聡明な知的怠惰であろう。「社会科学の方法」の批判的検討は、興味尽きることのない知的好奇心の活動である。

『岩波講座　社会科学の方法』全12巻（岩波書店、一九九二年一一月）

漱石小論

夏目漱石は俳句をよくし、漢詩をよくし、近代日本語の散文の範を作った。明治の文章家で、今日読んでも新しいのは、殊に福沢諭吉と漱石である。

その小説は劇的構造を備える。故に完結と未完の区別があきらかである。しかも未完の「明暗」には、知的構造を超えて、憑かれたような人間心理の追求がある。

その「文学論」は、分析に用いる概念を明瞭に定義して、本邦においては稀有。その「英文学講義」は、外国文学についての日本人の意見として、群を抜く。

江戸文化の遺産は、荷風において懐古的、漱石において現代的な、対応の裡にみられる。すなわち伝統への反逆において洒脱の伝統を生かす。

その哲学は、「個人主義」である。私小説作家とは異り、私事にこだわらず、日本社会の近代化の過程とその中での個人の意味を問う。

漱石の生き方は、官尊民卑の逆である。帝国大学を去り、官の支給する博士号を拒む。福沢諭吉と共に今も、――いや、今こそ殊に、気骨の人の範とするに足りるだろう。

『漱石全集』全28巻別巻1（岩波書店、一九九三年八月）

バッハの作品は人類が残した最も完璧な仕事――

もう一度、神が怒って雨を降らせ、街も、法律も、神話も、地上のすべてのものを押し流し、ほろぼしてしまうとき、ただ一つだけ人間の仕事のなかからいちばん完璧なものを救うとすれば、それは何だろうか。おそらくバッハ Bach の音楽であろう、とシャルル・デュ・ボス Charles Du Bos は書いたことがある。「洪水のあとには、バッハ」。

私には戦争が洪水のように思われた。ある日、召集を待っていた若い友人を、東京の郊外の家に訪ねたことがある。残り時間は多くない。召集されて兵士となり、戦地へ送られれば、輸送船を潜水艦が待ちうけていることを私たちは知っていた。そのときまで何をするのか。今はレコードで音楽を聴いている、と友人はいった。その日、彼と共に私が聴いたのは、『ブランデンブルク協奏曲』である。

友人は死に、私は生きのびた。それは全く偶然であり、人生は偶然に充ちている。しかし何故バッハか。それは必ずしも偶然ではないだろう。

私はその後、ヴェルサイユの庭の幾何学的秩序を知った。また、京都の庭の春雨に濡れた苔の表面に、官能的なほとんど情念ともいうべきものを見た。そしてバッハを想い出すことはなかった。私の脳裡にバッハの音楽が鳴り響いたのは、一二世紀のシトー派の僧院の内部に入ったときである。そこには同時に幾何学的秩序と感覚的な情念があった。あるいはむしろ、幾何学と化した情念があった、というべきであろう。すなわち精神となった生命。それだけが、死に、洪水に対抗する。

『バッハ全集』（小学館、一九九五年六月）

思索への招待

藤田省三氏の文章を読む度に、私は常に何らかの思索へ誘われた。そうでなかったことはない。『藤田省三著作集』の刊行は、私にとって、思索への招待である。

藤田氏は多く読み、多く考え、少し書く。少ししか書かない理由は、おそらく二つあるだろう。第一、独創的なものの見方、考え方、あるいは着想を含まない文章は、書かない。それは流行に従わないということでもある。第二、常に事柄の本質的な部分へ向かう。ということは、われわれの時代と社会の全体にとって、直接または間接に意味のあることだけを書くということでもあるにちがいない。

その表現は、明瞭かつ正確であると同時に、一種の「知的誠実」とでもいうべきものに貫かれている。そのことの背景には、ミッシェル・フーコーの意味でのあらゆる権力の操作に対する抵抗ということがあるだろう。

『藤田省三著作集』は、戦後五〇年の日本国においてさえも可能であったところの精神の独立を、ついにやむことのなかった批判精神の鮮かなはたらきを、見事に証言するのである。

『藤田省三著作集』全10巻（みすず書房、一九九七年三月）

『家永三郎集』に寄せて

家永三郎は、津田左右吉の後、日本の代表的な思想史家である。第一に、実証的な事実を見定め、そこから思想の普遍的な構造を抽象して、その発展を鋭述する。第二に、「価値判断から自由な学問」の幻想に捉われず、自ら択んだ民主主義的立場において歴史を理解する。第三に、社会的実践においても、学問と表現の自由を、権力に抗して擁護する。われわれは歴史家のみならず一般に知識人の当面する基本的問題について、実に多くをここに学ぶことができるだろう。

『家永三郎集』全16巻（岩波書店、一九九七年九月）

〔シモーヌ・ヴェイユの本と同じように、あるいはそれ以上に〕——

この本は、第二次大戦中、有力なファシストの家庭で育ったイタリアの娘が、自ら進んでその特権を捨て、ナチ支配下の収容所で貧しい外国人労働者の群に加った経験を物語る。悲惨な環境、主人公自身の投獄、脱獄、逃亡、何とか生きのびようとする意思と複雑な人間関係。

ナチの強制収容所と大量殺人の現場については、生き残った人々の証言が多い。しかし当時のドイツに職を求めて各国から集ってきた貧しい労働者たちの（それは強制ではない）状況を、詳細に叙述した報告は少い。その意味でこの本は画期的である。

またそればかりでなく、人生を成りゆきに任せず、自らの選択と決断にもとづいて生きようとした一人の女の生き方としても、実に感動的である。抑圧された人々の現実を、外側からの観察ではなく、共に生きた経験として内側から理解しようとした稀有の人物。そのためにリセーの教授の職を投げうち、一九三〇年代に自ら女工となったシモーヌ・ヴェイユの本と同じように、あるいはそれ以上に、このルーチェ・デーラモの本は記念碑的である、と私は思う。

ルーチェ・デーラモ著、齋藤ゆかり訳『逸脱』帯（作品社、一九九七年一一月）

私の期待

二〇世紀の後半に日本史の研究は進んだ。資料の種類と量が増大し、資料から情報を抽き出す技術が進歩し、新たな領域（たとえば生活史や東北アジア史）への関心が強まって、多くの重要な事実が知られるようになった。日本の過去のどういう現象や概念が、今どこまで明らかにされているか、日本史辞典はその問に答えるだろう。

〔監修〕永原慶二〔編集〕石上英一・加藤哲郎・工楽善通・五味文彦・高埜利彦・西成田豊・藤井譲治・由井正臣・和田晴吾『岩波日本史辞典』（岩波書店、一九九九年四月）

新版『宮本百合子全集』に寄す――

宮本百合子（一八九九―一九五一）は、二〇世紀前半の日本で生き、言論の自由の弾圧に抵抗して戦った文学者である。そのとき軍国日本はほとんど一〇年毎にアジア大陸への侵略と戦争を繰り返していた。当時の文学者の多くは、彼らの立場を変えて戦争を支持したが、彼女は戦争に反対し、決してその原則を曲げなかった。そこには類い稀な思想の一貫性と、人間としての尊厳の輝きがある。年代順に編まれた新版『宮本百合子全集』はそのことを明らかにするだろう。

『宮本百合子全集』全12巻（新日本出版社、二〇〇〇年九月）

鈴木道彦訳『失われた時を求めて』の完成を祝す――

世界で最初の小説は『源氏物語』（一〇世紀初め）であり、最後の小説は『失われた時を求めて』（二〇世紀初め）である。ここで「小説」というのは、虚構を通して、神々や英雄たちの冒険ではなく、日常的現実的な人間の生活を描く長い物語を指す。「最後の」というのは、未来は別として、今日まで最後の世紀の小説を代表する、という意味である。その日本語訳はすでにいくつかあったが、鈴木道彦氏の全訳は、詳細な註や解説を含めて、もっとも読み易く、全体の構造を見とおすのにもっとも便利である。小説の初めを知っている日本の多くの読者は、鈴木氏の訳業によってその終りを知ることになるだろう。私はその完成を祝う。

マルセル・プルースト著、鈴木道彦訳『失われた時を求めて』全13巻（集英社、二〇〇一年三月）

中村稔　頌

中村稔は私と同時代を生きた詩人である。その詩は大言壮語せず、荒唐の言を弄さない。常に現実の経験の核心に拠り、それを拡げ、それを深める。その言葉は正確で、粗描に秀でる画家の画業を見るが如くである。即ちそこに世界の、または人間の現実の本質的な一面が啓示される。
中村稔はまた近代日本の生んだ詩人たちの実証的な研究家でもある。殊に賢治・中也・茂吉。この三人は詩歌における近代日本語の問題を独特の仕方で解いた。さらに法律家としての中村稔が言葉を通して社会的現実に係って来たことはいうまでもない。『著作集』六巻は、「詩と真実」の実に多くの面を語りつくすだろう。

『中村稔著作集』全6巻（青土社、二〇〇四年九月）

愛国語心の昂揚へ

国語辞典と百科事典の機能を兼ね備えた余り大きくない書物の便利さには限りがない。日常一冊を座右におけば、一家団欒が国語の語義や文法に触れても、読みさしの本の中で聞きなれぬ人名地名に出会っても、多くの問題はたちまち解決する。故に東には『広辞苑』があり、西にはフランスの『小（プティ）ラルース』がある。後者の背景はおそらく愛国心の中核としての愛国（語）心であろう。日本ではどうか。今や愛国心を愛国語心の昂揚へ導く時ではなかろうか。近現代の日本語は移り変わりが速い。折しも『広辞苑』はその変化に適応し、多数の新語を加えて第六版を作る。その普及は日本国民の日本語愛を大いに援けるだろう。好機逸すべからず。

『広辞苑』第六版（岩波書店、二〇〇八年）

第二章

悼むことば

林芙美子の死

ながい「放浪記」は終った。われわれは今林芙美子の死をきいて、「放浪記」をよみ終ったときと全く同じ感動を経験している。それは何事もわれわれに教えない物語であったが、われわれを動かさずにはいない物語であった。どうにかしようと思い、どうにもならず、しかもなんとかして生きてきた一つの人生がそこにある。そのよろこびと悲しみ、その多くの後悔とわずかばかりの希望、そのつまらぬ虚栄心のなかに現れた何かかけ換えのないものへの期待……

漠然とした期待が林芙美子を、或はわれわれを放浪させた。しかし彼女は、みじめさを克服する確かな方法よりも、あらゆるみじめさをみじめのまゝで美しくする方法を知っていた。また幾分感傷的にその美しいみじめさを表現する方法も知っていたのである。その後に二十年の間に「放浪記」の作者は小説を書くことになれ、昔、声のかぎりにうたったものを効果を測りながら描きだすようになったが、そんなことに大した意味があろうとは思われない。読者に向かって、あなた方の貧乏、あなた方のみじめさ、要するにあなた方の人生は、そのまゝでよいところがあるのだと、繰返す哲学の他に流行作家をつくりだすどんな力があったか。

林芙美子は、朝日の新聞小説「めし」を書きはじめるまえに、「宮本百合子さんなどの知らないほんとうのプロレタリア」を描きたいという野心を持っていたそうである。またこの秋にはヨーロッパへ行って、「ゲオルギウの二十五時のような東洋の小国の悲劇」を書き、それを翻訳出版するという希望ももっていたそうである。おそらくそういう野心もあり、希望もあったにちがいない。しかもそれは今にはじまったことではあるまい。それにも拘らず、「放浪記」以来二十年のどの作品の中にも、それらの野心や希望の萌芽さえみとめられたことはなかった。「放浪記」の作者は最後まで「放浪記」を、あるいはその哲学を、あるいはもし読者がお望みならばいうところの庶民的なるものを、生きつづけたとしか思われないのである。

今その「放浪記」は終ったが、棺を蔽うて後さだまるということが真実ならば、林芙美子が忘れられて、ただ一つの「放浪記」が残るということこそ真実であろう。それは死者にきびしい真実ではなく、生きているわれわれ自身にきびしい真実である。

『図書新聞』（一九五一年七月九日）

単純な経験と複雑な経験

――森有正――ある哲学者の死に寄せて――

一九七六年パリに客死した森有正氏が、生前度々語ったのは、「経験」という言葉である。訃報に接して、私はあらためてその言葉の意味を考え、いくつかの感想を記す。

世界についての知識を獲得するために、人は複雑な経験を単純な感覚的経験に還元する。ここで単純な経験というのは、原則として、いつどこでも誰にでも、繰り返され得るような経験である。そういう経験の系列が、科学者のいわゆる「観察資料」の基礎であり、そこから出発し、長い推論の過程をとおって到達する結論が、知識である。知識の領域では、あたえられた命題の真偽を語ることができる。意見の相違について語ることは、意味をなさない。

しかし特定対象についての知識は、その対象のわれわれにとっての意味を決定するのに充分ではない。個別的な対象とわれわれとの関係は、その対象のおかれた体系の全体とわれわれとの関係から独立しては決らぬことが多いからである。また対象の評価は、対象に関する知識ばかりでなく、多かれ少かれ知識から独立した価値（評価の基準）を前提とするからである。しかるに科学的な知識は、現実の体系の全体にではなく、その部分に係り、個別的・特殊的ではなく、普遍的な面に係る。しかも知識は究極的な価値を決定しない。したがって世界が何を意味するかは、知識の領域のなかでは決らない。

信条の領域は、それ故に、個人の生活にとっても、社会の文化にとっても、欠くべからざるものとなる。信条の体系は、何よりも単純な経験からではなく複雑な経験から出発するという点で知識の体系とちがう。複雑な経験は、経験者によって異るばかりでなく、当人にとっても、原則として、繰り返されない。単純な経験は、特定の時と場所で、特定の対象と特定の人物との間でおこるが、その時と場所、その対象と人物が変っても、大きく変らないと考えることができる。しかしたとえば恋とか戦争とかバッハ Bach の音楽とかがあたえる複雑な経験は、特定の時と場所にむすびついていて、同じ人にとっても、二度とは繰り返されない。時と場所が変れば、恋の相手は変るし、当人も変る。戦争はある時期のある社会にあって、他の時期の他の社会にはない。バッハの音楽の構造は、いつどこで聞いても同じであるとしても、聞く人の側の条件は、時と共に変るにちがいない。またもちろん誰でもバッハを好んで聞くというわけではない。しかし人生について、社会について、芸術についての信条の体系は、ある恋人、またはある戦争、またはある音楽との一回かぎりの出会いの経験から出発せざるをえないのである。

その出発点がすでに万人に共通のものではないから、その到達点もまた万人には通用しない。すなわち信条の領域での命題については、意見のちがいがあって、究極的には真偽の区別がないということになる。そのことはたとえば宗教的信条の異る内容にも鮮かにあらわれているだろう。この世界に超越的な絶対者と人間との関係は、ある人々には経験され、ある人々には経験されない。経験される場合にも、その複雑な内容は同じでない。絶対者は、仏教徒の場合のように非人格的でもあり得るし、キリスト教徒やイスラーム教徒の場合のように人格的でもあり得る。そのいずれが人間一般にとって真実であるかと問うことには意味がなく、そのいずれが特定の人間にとって真実であるかと問うことにだけ意味がある。別の言葉でいえば、私はひとつの意見を正しいと思うが、あなたが別の意見を正しいと思う権利はあなたのものである。

意見のちがう人間（または人間の集団）が平和に暮すためには、しかるべき規則、規則を強制する手段、その他の若干の工夫が必要である。道義的な寛容と国内法の秩序は、その代表的な部分であろう。その根拠は、必ずしも絶対的な信条を前提としない。しばしば共通の利益に関する知識とその利益を追求するための合理的な手段についての合意だけで足りる。したがってたとえば「神がいなければ、すべてが許される」というのは誤りである。神がいても、いなくても、交叉点の赤信号で車を止めるという合意は成立し得るからだ。合意が成立すれば、それが当該社会の価値であり、その価値は個人を束縛する。すなわち赤信号で車を止めないことは許されない。

しかし人生は交通規則だけで間に合うほど簡単にできていない。生きてゆくためには、誰も自己の特殊な経験にもとづく信条と、信条にもとづく意見を必要とし、しかもその信条が他人にも通用するかのように行動せざるをえない。たとえば戦争について、反対意見と賛成意見とが、基本的には等価的にならんでいるという立場から、戦争に反対することは困難であろう。戦争反対は、反戦の意見が、誰にとっても正しいはずであるという確信に発せざるをえない。すなわち異る意見に上下の序列を考えなければならない。つまるところ基礎的な経験にも質のちがいをみとめなければならないだろう。

複雑な経験には、個人的な面と社会的（または文化的）な面とがある。後者の面は、いつの時代のいかなる文化のなかの人間にも共通するのではないが、特定の時代の特定の文化のなかの人間にはある程度まで普遍的に共有され得る。当人の感受性は、特定の文化的環境のなかで訓練され、その思考の形式は、特定の言語や教養に条件づけられている。社会と文化は、経験的当事者の主体そのものに浸透しているということができる。それがどこまで浸透しているかをつきとめることはできない。しかしたとえばバッハがかなり長い時代（およそ二〇〇年）にわたり、かなり広い領域（ヨーロッパ・アメリカやおそらく日本も含めて）で、ある音楽的教育とある感受性のあり方を前提として、かなり多くの人々に決定的な——という意味は、それによって音楽を定義し得るような——経験をあたえつづけてきた、ということが、一種の経験の普遍性を示唆するだろう。そのことは、数百万の人を興奮させる音楽の効果とは、全く異る。数百万人の追う流行が、二〇〇年つづくことはない。またおそらく誰にとっても、その信条の体系の基礎としては作用しない。

しかしバッハ経験は、同じ時代の同じ文化のなかでも、人によって異るだろう。それがどう異るか、――これもまた知ることができない。それを他人および当人が推測し得るただひとつの拠り所は、その経験の外在化された表現だけである。表現は、バッハの演奏であるかもしれないし、その人自身の作曲であるかもしれないし、そもそも音楽を離れた文章であるかもしれない。それは当人に内在的な信条ではなく、その信条が生みだした仕事である。仕事には出来栄えの上下があり、階層的秩序があり、質のちがいがあって、そのことが、またそのことのみが、仕事を生んだ経験の質のちがいを示唆するのである。

しかるに仕事は、あるいは表現は、決して経験のみから成りたたないし、また決して経験の特殊性の全体にわたらない。内在的な経験は、外在化されるときに、あるものを失い、あるものを加える。いくらか比喩的にいえば、すべての表現は、一回かぎりの経験の掛替えのなさ、そのいうべからざる密度と多面性、当人にとっての親密さの犠牲においてのみ、成りたつのである。内省的に捉えられた経験の質というものはない。人はただ経験を離れることによって、経験を知る。エウパリノス Eupalinos の恋の経験が、余人のそれと異るのは、彼がその恋人を建築において表現したからである。哲学者のバッハ経験の質は、彼がその経験を概念の建築におき換えた結果のなかにあらわれるほかはない。それはバッハ経験そのものについて語ることとはちがう。概念的建築は、経験の内面へではなく、世界の構造の外面へ向う精神の産物であり、経験の特殊性を世界の普遍性へ超えようとする仕掛けである。

表現の手段は、特定の文化によってあたえられる。その意味で、油絵具はヨーロッパ文化が、水墨は中国の文化が、生みだしたものである。故に日本人が水墨を用いたときには、大陸文化との交りが深くならざるをえなかったし、油絵具を採用した一世紀は（最初の油絵はそのまえにさかのぼるが）、画家がフランスへ留学した時代でもあった。墨や絵具は輸入することができる、しかしその用法の微妙なところは、文化的環境の全体と係る。言葉（概念）に到っては、事情がもっと複雑であり、純粋に日本語的な環境は、そもそも日本側で、徳川時代にもなく、明治以後にもなかった。日本語の概念の重要な部分は、古典中国語または近代西洋語の訳語である。そこで日本語により綿密な考えを表現するためには——ということは、綿密に考えるためにはというのとほとんど同じである——、中国語や西洋語をそれぞれの文化のなかで、知的にも感覚的にも知ることが、必要でないとしても、少くとも便利だということになる。徳川時代に、日本の歴史と文化について、独創的な研究をした学者が、中国語とその文化に通じていたのは、偶然ではない。たとえば新井白石と本居宣長。もしそうでなければ、儒者たちは、中国語で中国文化について書き、その創意と個性を発揮した。たとえば伊藤仁斎と荻生徂徠である。しかし古典中国語に熟せず、日本の事を論じて、高度の知的水準に達した人物は、ほとんどいなかった。このような事情は、明治維新の後、西洋の概念が流れこんで、根本的に変ったろうか。

西洋語により西洋の事を論じて一家をなし、仁斎・徂徠に似る者は、明治以後に稀であった。西洋の言葉を西洋の文化のなかにおいて知り、しかし西洋事情を語らず日本の歴史と文化を日本語（または西洋語）で語って、それぞれ独特の世界をつくりあげた人々は、必ずしも少くなかった。たとえば兆民、鷗外、漱石、天心など、――彼らが西洋と西洋語について多く語らなかった理由は、白石や宣長が、中国の古典について語るよりも日本の古典について語ることを択んだ理由に似るだろう。言葉、概念的枠組、学問的方法は、道具である。道具は対象との関係で決る。故に中国または西洋の文化が生みだした道具を心得るために、中国または西洋の文化を知ろうとする、――というところまでは、いわば準備の段階である。その道具を西洋社会にではなく、日本社会に適用しようとすれば、道具の側にも手なおしの必要が生じるだろう。そこで手なおしされた道具が、自分の道具であり、自分の道具を用いて自分の対象を扱うのが、本来の仕事である。準備段階の内幕を語ることは、仕事ではない。

準備段階の経験に即して、その特殊性を表現することは、当人が経験の質を見定めるために役立つかもしれない。しかし決定的なのは、その経験がそれ自身と語り手の日本における経験とを相対化し、その相対化された経験を唯一の出発点としながら、思考が外部の対象へ向い、かくしてつくりあげる概念的建築がどの程度に普遍的であるか、ということのほかにはない。思考の対象が、日本の社会と文化でなければならぬという原理的な根拠は全くない。しかし実際的な理由はいくつかある。そのなかで重要な第一の理由は、外国人の立場の限界である。外国人は社会を観察することができるし、またそこで生きることもできる。しかしその社会に参画することは、かぎられた面においてしかできない。しかるに参画が全面的でないということは、責任が全面的でないということでもある。思考の対象が、自然ではなく、歴史や社会であるときに、無責任状態は、その思考の内容を限定するだろう。その種の限定をどうしても避けようとする外国人は、おそらく内省的にならざるをえない。しかし内省的思考は深化し得ても発展することはできない。なぜなら複雑な経験は、個別的で特殊な条件のもとにおこり、その内省的な分析のみによって、普遍的な世界とのつながりを見出すことは、おそらく不可能だからである。個人の内面は必ずしも世界の秩序を反映しない。私はその意味で浪漫主義の前提を誤りとする。重要な第二の理由は、言語の限界である。外国語は母国語にはならない。したがって外国語による表現は、母国語による場合とは異る制約を受ける。その制約が重大な障害にならないような知的活動の領域は広いが、そのことは制約の不在を意味しない。また言葉には文化の歴史が含まれていると同時に、個人にとってはその個人の歴史もまた含まれている。したがって社会に対してのみならず、言葉に対しても、同時にたとえばフランス人であり、日本人であることはできない。いずれかを択ばなければならず、しかも択び得るのは少青年期であってそれ以後ではない。私自身についていえば、私はあらゆる特定の文化を相対化するから、偶然的にあたえられた文化的国籍を変える必要をみとめないのである。

「我在り」は、経験の特殊性である。「我考える」は、思想の普遍性である。デカルトDescartesは、「我考える、故に我在り」であった。森有正氏は、逆立ちしたデカルトであったといえるかもしれない、――「我在り、故に我考える」。しかし対象のない考えはなく、おそらく意識さえもない（フッサールHusserlの「指向性」）。「我考える」とは、我が我を考えることはできないから（ラッセルRussellの「言語の序列」）、「我世界を考える」という意味であるほかないだろう。しかるに「我世界を考える」は、「我」の特殊性を離れてしか成りたたない（ブリス・パランBrice Parainの「我考える、故に我在らず」）。かくして「我在り」と「我考える」との距離は遠い。その距離を飛び越えさせる動機は、日常生活において誰もがそうせざるをえないように、世界への働きかけであり、実践である。もしその距離を敢えて飛び越えようとしない者があるとすれば、それは詩人であろう。しかるに具体的な実践は、社会的環境のなかで、社会への働きかけとしておこる。社会への参加の限定された条件のもとでは、たとえば外国人にとって、おこり難いはずである。外国において詩人であった森有正氏は、まさに日本において哲学者になろうとする直前に亡くなったのかもしれない。その感受性は鋭かった。しかもその感受性に忠実に(経験の特殊性)、思考しようとする努力があった(普遍性への志向)。それが困難な事業であったことは、いうまでもない。

『季刊湯川』第1巻第1号(湯川書房、一九七七年一月)

誄《るい》〔遠藤麟一朗〕

それが茶室だったかどうか、私は今たしかに覚えていない。一九四六年の暮や、四七年の初めの頃だったろう、私は一度遠藤麟一朗をその自宅に訪ねたことがある。遠藤は学生で雑誌『世代』の編集長をしていた。私は医者をしていて、中村真一郎や福永武彦と共に、後になってから『一九四六　文学的考察』としてまとめた短文を、その雑誌に連載していた。

東京は焼野原であった。占領軍の自動車が行き交う東京に、戦前の歴史からは何ものも残っていないようにみえた。建物も、風俗も、権威も、秩序も、誇りも、形も。それは過去がなく、未来だけのある世界だった、その未来がどれほど漠然としていたとしても。私たちはゼロから出発しようとしていた。――あるいはゼロから出発しようと考えていた。そうして『世代』の仲間が集まり、私は彼らを知り、遠藤を知った。

その焼跡の東京に、どの辺だったか覚えていないが、おそらくは焼け残った住宅街のどこかに、ほとんど奇蹟のようにその遠藤の家があった。私の記憶に従えば、その家というよりも、そのなかに私が彼を見出したところの一部屋の空間があったといったほうが、よいかもしれない。今私が覚えているのは、私たちがそこで何を喋ったかということではなく、――それは『世代』に係わることであったかもしれないし、そうでなかったかもしれない、――その部屋のなかに、いくさの一五年間もついに破壊し得なかった秩序があり、一種の形があったということである。

そこで私は遠藤の母堂の精進料理のもてなしにあずかった。何とか意味を通じさせるためにだけ私たちが喋っていたときに、そこで私は日本語の微妙に整ったいい廻しをきいた。飢えをしのぐためにだけ食べていたときに、私はそこで突然、料理の味の極度の洗練に出会った。焼け出されて、疎開し、売り食いをして、闇市のなかに生きのびながら、忘れていた日本の食器の、うるしや陶磁のいうべからざる美を、そこに見出した。焼跡に「再び見出された時」、あるいはむしろ一文化の形式、あるいは空間的秩序と化した文化とでもいうべきだろうか。

私は今地球の反対側で、その時間と空間を想い出している。そこに大学生の遠藤がいた。『世代』の後、私は彼に逢ったことがない。しかし『世代』を編集した青年と、あの奇蹟的な空間のなかの遠藤との間には、どういう関係があったのか、またその関係と、後日の彼が一一年を送ったというアラビア半島の石油基地との間には、どういう関係があったのか。私は彼の生涯を知らず、彼の内側の構造を知らない。

戦後の日本で広く用いられた「世代」という言葉を、旗じるしのように掲げたのは、おそらく雑誌『世代』の仲間が最初であったろう。太平洋戦争の指導者の世代に対する兵隊の世代。そこには一面で、同じ世代に共通する経験が、それぞれの個人の世界の中心にあるという意識があった。また他面では、おそらく、同じ経験を共有しない他の世代の人々に、その経験を伝達することの限界の意識もあった。前者が、ただちに、そのまま、連帯感ではない。しかし同じ年齢層に共通の経験が、常に必ずしも個人の世界の中心であるとはかぎらず、その中心の経験が周辺のあらゆる部分に影をおとすとは、かぎらない。そういうことがおこったのは、雑誌『世代』の世代が共有した特殊な経験の質によるだろう。後者についていえば、伝達の限界は、問題の経験の表現を、どういう抽象化の程度においで行なうかによる。いかなる具体的な経験も、十分に低い抽象化の程度では、伝達不可能であり、十分に高い程度では、常に伝達可能なはずである。抽象化の手続きと程度を決定するのは、文化の問題であろう。

私は今日本の戦争を経験したことのない人々の間で暮らしながら、地球の向こう側のことを考える。あたかも私自身の源泉にさかのぼるかのように、『世代』の世代と遠藤麟一朗の住んだ一つの空間を想い出す。たしかに遠藤は死んだ。しかしたしかに死んではいない。億劫《おくごう》相別れて須臾《しゅゆ》も離れず。彼のために、禅語をもって誄に代える。

遠藤麟一朗ほか『墓一つづつたまわはれと言へ』（青土社、一九七九年六月）

福永武彦の死

福永はよく耐えた。爆弾が東京に降りそそいでいたとき、結核病棟に寝ていた彼は生きのびた。戦後しばらくしてから消化管出血を繰り返したが、それも内科的な療法で切り抜けてきた。今年の八月、その出血が急に増加して、病状が悪くなったときにも、信濃追分の自宅から佐久総合病院までの救急車のなかで四〇分ばかりをもち堪え、生きて応急処置室に入った。その後には、きわめて困難な条件での開腹手術が来る。私は深夜の病院でその結果を待っていた。結果は、ほとんど奇跡的に、よかった。翌日になって、経過はよく、その次の日になって、ますますよかった。福永が最後の危機を見事に耐え抜いたことは、もはや誰の眼にも確実であるように見えた。……

福永は絶えず死とさし向いで暮してきたように私には思われる。その外部には、東京の成城の家と、信州の追分の家とがあり、しばしば近くの病院の部屋があった。彼がほとんど長い旅をしなかったのは、おそらく病身であったからだけではない。その内部に、もはや外部の世界を拡大する必要のないほど大きな宇宙があったからだろう。死は人を歴史的なるものの向う側へ導く唯一の力である。あるいはこういう風にもいえるかもしれない。人生の一回性、出来事の非可逆性、また一般に個別的なるものの掛替えのなさが――彼が好んで写生した庭の草花から、最後に見た病室の窓の夏の夕焼けまで――、ほんとうに鮮かに見えてくるのは、死に向きあったときである。福永こそは死について語ることのできた詩人であった。彼の詩句のどの一つにも、たとえば甘美な旋律の最後の和音の、はるかな地平線に消えてゆく響きを私は聞く。

福永の内部の宇宙、その歓びや後悔や、希望や夢や忍従が、外部の世界へ投影されるとき、彼はあの不思議な魅力にみちた小説を書いた。彼自身を実現するために、想像上の、架空の、もう一つの世界がどうしても必要であったにちがいない。福永の小説が読者にとって痛切にも現実的であるとすれば、それは彼の内部の現実が、濃密で、微妙で、堅固なものだったからである。

その身辺の小さな空間を、彼は見事に構築していた。幾冊もの美しい本があり、その文字の形や、その紙の手触りや匂があった。また画集があり、そこにはゴーガン Gauguin の森や動物や褐色の女の肌があった。病が重くなり、もはや本を読むことが苦しくなったとき、彼は病床から手のとどくところに、録音テープの装置をおいて、モーツァルト Mozart を聞いていた。「愉しみの範囲がだんだん狭くなってきてね」と彼は私の方を見て笑いながらいった。それは少しも淋しそうな笑いではなかった。その音楽の裡に、彼がどれほど多くの、どれほど豊かなものを聞きとっていたか、誰が知ろう。

福永武彦の世界ほど高度に斉合的な世界は稀である。そこには数限りなく小さなものがあったが、どれ一つとして本質的でないものはなかった。また彼の世界ほど自律的な世界も、私には容易に思いうかべることができない。時代は移り、風俗は変り、一つの言葉の流行に別の言葉の流行が代る。しかしそういうことのすべてよりも、福永は、はるかに深く、はるかに静かで、はるかにほんとうの感動にあふれていた。それはほとんど勇気の証拠である。私には福永武彦という作家が、日本国の現代のもっとも勇敢な精神の一人に見える。

福永武彦は私の友人である。彼が危機を脱して、私が安心したというよりもほとんど有頂天になっていたときに、突然、私の家の電話が鳴った。それはまったく予想もしなかった事態の急変を知らせる電話であった。私は昔医者をしていたことがある。大量の脳出血が何を意味するかは、おのずから明らかであり、為し得ることは何もなかった。

その翌日の朝から、——福永はもういなかった。私の見なれた周囲の風景は、そのまま未知の別の風景であるかのように見えた。俄に私の世界の中心は移動して、福永の周囲をめぐりはじめた。私はここで、または他のどこでも、彼についての想い出を語ることをしないだろう。泣きたいときには、私はひとりで泣くだろう。

『朝日新聞』(一九七九年八月一五日)

誄《るい》〔中島健蔵〕

一度さしで話してみたいと思いながら、そうしないで長い時がすぎてしまった——私にとっての中島さんは、数少ないそういう人の一人であった。私心私欲なく、党利党略なく、多方面に活躍した中島さんのなかには、いつも一人の詩人が住んでいたのだろう。

一時代の歴史の証人として、中島健蔵の価値は換え難い。その歴史へ働きかける仕事として、意味がいちばん大きかったのは、日中文化交流協会の経営であったろう、と私は思う。

一九七一年の秋、私は中島団長の率いる使節団の一人として、はじめて中国を訪問した。香港から中国領へ入ると、中島さんはそばの私を顧みていった、「どうだ、中国はいいだろう、ここへ来ると、まるで故郷へ帰ってきたようだ」。——よくもわるくも、私はまだ中国を一時間も経験していなかった。しかし私はその言葉に、三十年間変わらなかった中島健蔵を見出していた、常に故郷を探していた詩人、中島健蔵を。

『日中文化交流』第273号（一九七九年八月一五日）

サルトルのために……

交通労働者の罷業でバスも地下鉄も止まっていた一九八〇年四月のニュー・ヨークの客舎で、私はサルトル Sartre の死を聞いた。人間は死ぬ、サルトルでさえも。——私は頻りにその人のことを思った。

心温かきこと彼の如き人を、私はほとんどほかに知らない。最後に会ったのは、一年ばかり前モンパルナスの小さな住居を、朝吹登水子と矢島翠と三人で訪ねたときである。眼の悪い小柄な老人は、私たちに椅子をすすめ、お茶を飲むかと聞き、私たちが恐縮してそれには及ばぬと応えると、祖母から譲り受けたという古風なかたい椅子にかけて、両手を膝の上におき、じっと話を聞きながら「もちろん」とか「まさにその通り」とか、短く相槌をうっていた。それは四方山話で、そのときの訪問に格別の用件はなかった。

相手が誰であっても、また用件がどれほど重要であっても、なくても、基本的に他人に対する態度は、変らない、――そう思わせるものが、私の知るかぎりのサルトルには常にあった。彼は人間の平等を考えていたのではなく、感じていたのだ。シモーヌ・ドゥ・ボーヴォアール Simone de Beauvoir は、学生時代のサルトルが「誰に対してもとてもやさしくて鷹揚（寛大）」であったといっている（海老坂武訳『サルトル――自身を語る』人文書院、一九七七年）。私はこの「誰に対しても」を重んじる。彼は彼自身を例外としないという点で、例外的な人物であった。

「今考えているのは倫理学のことだ」、とそのときにもサルトルはいった。たしかに彼は『存在と無』（一九四三年）が予告していた倫理学を完成しなかった。しかし『聖ジュネ』（一九五二年）は、一種の倫理学といえないこともない。その生涯を通じてサルトルは根本的に倫理的人間であったという強い印象を、私はもつ。私はそのことを話した。「まさにその通り」、と彼はいった。

若いときの友人の一人は、サルトルが「考えることを決してやめない、いつも考えている」男だといったそうである（前掲書）。一九六六年に日本を訪れた六一歳のサルトルが私にあたえた印象も――私はそのときはじめて彼と話した――、まさに日常坐臥いつも考えることをやめない人物の、思考と人間との分ち難さということにほかならなかった。周囲のあらゆる事物に対する知的好奇心の強さ、具体的なものの観察から高度に抽象的な概念の操作へ移る速さ、その言葉の思想的な密度の高さという点で、ほとんど壮観ともいうべき彼の会話のなかには、喋ることは考えることであり、考えることは生きることであるという一人の人間のあり方が、まことに否定し難い確かさで、あらわれていた。能舞台から東京カテドラルまで、街の群衆の表情から夜の大阪の広告灯まで、そのすべてが彼にとっては、はじめて出会うものであると同時に、彼の世界の全体の部分であり、特殊であると同時に、普遍的なものであったにちがいない。

世には多くの心温かき人がある。また少からず考える人がある。しかし心温かき人が必ずしも考える人であるとはかぎらない。いわんや、考える人の心が温かいことは、むしろ稀である。心温かくしかも考える人間が、その考えに忠実に生きようとしたら、どういうことが起るだろうか。おそらくその知的能力を、強い者に役立てるよりは、弱い者に役立てることを望むだろう。あるいは少くとも抑圧する者の味方であるよりは、抑圧される者の味方であることを欲するにちがいない。

一九四〇年代の占領下のフランスでは、抑圧者はナチで、被抑圧者は「抵抗」した人民であった。五〇年代の強者は、フランス植民地主義で、弱者はアルジェリア人であった。そのときフランスの国内で強大であったのは、中道連立政府と官僚と資本家であり、共産党と組合と工場労働者ではなかった。しかも五六年のブダペストの街頭で圧倒的な力を揮ったのは、ソ聯の――フランス共産党がすべての労働者の祖国としたところのソ聯の、戦車隊であり、蜂起したブダペスト市民ではなかった。六〇年代には、米国が第二次大戦に用いた以上の爆弾をインドシナ半島の小国に降りそそいでいたし、フランスの国内では学生たちが管理社会に反抗した。管理社会を維持するための組織暴力は強く、ラテン区の舗道をはがして学生たちの投げた石の力は弱かった。「抵抗」・アルジェリア独立の支持・共産党への接近・ソ聯のブダペスト（後にプラーハ・アフガニスタン）介入批判・ヴィエトナム戦争弾劾・六八年の「新左翼」支持は、サルトルがとらざるを得なくしてとった態度であったろう。その態度は、決して権力の側に立たぬことで一貫していた。ポール・ニザン Paul Nizan の言葉に従えば、権力の「番犬」にはならぬということである。サルトルにとってのニザンは、河上肇にとっての山本宣治に似ていた。しかしそれだけではない。

考えるとは、考えることそれ自身のほかのいかなる強制からも自由に、考えるということであり、したがって当人がその考えに責任をとるということである。そういう意味で常に考えることをやめない態度は、組織、殊に政治的＝思想的な組織の内部では、維持し難いだろう。サルトルは、しばしば組織と協力したが、その生涯を通じていかなる組織にも属さなかった。たとい現実への働きかけの効果を犠牲にしても、決して考えることの自由、または自己と世界との関係をみずから定義することの自由を、決して抛棄しなかったのである。

このような態度の一貫性は、哲学的体系の内的斉合性と同じものではない。心の温かさは、認識の水準では、すべての個別的な人間の自己完結性を認めることを意味するだろう。サルトルは、常に個別的具体的な対象の特殊性から出発し、その出発点の直後の表現が彼の文学である（たとえば『吐き気』）。あたえられた対象の特殊性を普遍性へ向って超えようとする知的努力の結果は、哲学的体系であり（たとえば『存在と無』）、対象が変化する歴史的状況であるときには——彼は人間と社会について考えたので、物理学的世界について考えたのではなかった——、哲学的体系はつまるところ状況の函数としてあらわれる（たとえば『存在と無』から『弁証法的理性批判』への移行）。かくしてサルトルは、思想的建築を作っては壊し、壊しては作った。その状あたかもピカソ Picasso の様式の変化に似る。サルトルとは哲学的ピカソである。

サルトルとはどういう問題を解こうとしたか。

その哲学は、まず人間の内側から出発した。すなわち自我とは何か、意識とは何かという問題である。彼は無神論的な立場からデカルト Descartes を批判して、意識的な意識＝自我のよってきたるところを、「非個人的な意識」にもとめ（『自我の超越』）、自我は非個人的な意識の「基本的な撰択」によって成立するとした（『存在と無』）。この非個人的な意識は、精神分析学的な深層心理ではない。はじめはベルグソン Bergson の「意識の直接与件」が成立する場としての意識に似ていて（『自我の超越』）、後にはフッサール Husserl の対象志向性をもつ意識とされ（『想像』）、さらには究極的な存在とされる（『存在と無』）。究極的な存在としての非個人的な意識は、何ものにも束縛されず、何らの理由もなしに、一個の自我の全体を、撰択する。すなわち「基本的な撰択」は、絶対に自由であり、人間のすべての「自由」の根拠である。

サルトルの実存主義をこのように要約すれば、それは、第一に、意識の内省的な検討であるという意味で、デカルトからベルグソンに到るフランス哲学の伝統を延長するものであり、第二に、方法の上では、フッサールの現象学と、ハイデッガー Heidegger の無神論的存在論と深く係り、第三に、目的の上では、自我の超越をめざし——そのかぎりでは禅家の「個我の放下」をも想起させる——、したがって死の恐怖の克服へ向い、第四に、生きることを「自由」として定義するものである。

その「自由」は、多くの文学作品（『蠅』、『悪魔と神』、『自由への道』）も示すように、死を前にしての決断、決断における現実追随主義の拒否、しかもつまるところ合理的には根拠づけられない個人の撰択に、鋭くあらわれる。サルトルは「抵抗」の時代を生きた。地下運動の時代は、分断された個人にとっての孤独な決断が日常化した時代である。その時代が、「自由」の哲学を生んだにちがいない。しかしその哲学は、それ自身の成立の時代的条件を語るのではなく、人間にとって普遍的な「自由」を語る。その意味で、実存主義は、歴史と時間を超え、歴史的な文化と時間のなかにあらわれる特定の社会の枠を超えて、個別的な人間の生と死の意味を問うものである。

しかし意識が歴史を超越すると同時に、歴史は意識を超越する。人間の具体的な行為は、具体的で特殊な、歴史的社会のなかで行われるので、抽象的で普遍的な、時間に超越的な「世界」のなかで行われるのではない。人間の内側に何が起ろうと、外側の歴史的空間は、それ自身の秩序を実現する。犬が吠えても歴史は進む。その進み方は、どういうものか。それは内側のいかなる構造にも還元されないところの、外側の世界の秩序の問題である。内側から、すなわち反省的な意識の立場から出発して、その問題に答えることはできない。問題への接近は、外側からの出発であるほかはなく、外側からの出発とは、歴史及び社会科学的な知識の綜合または「全体化」である。おそらくこれが、サルトルのマルクス主義への接近の哲学的な意味であろうと私は考える（「方法の問題」）。

しかしサルトルの哲学は、常に、具体的な状況のなかでの実践的な課題から離れなかった。具体的な状況は、「フランスにおける階級闘争」であり、そこでの大衆・階級・組織（「前衛」）・個人（殊に知識人）の、それぞれの役割と、その相互の関係の複雑な全体である。一方には、ヴィエトナム戦争があり、「軍・産・学コムプレックス」があり、知識人が支配階級に「とりこめられる」状況がある（「知識人の擁護」）。他方には、ブダペストやプラーハの弾圧があり、大衆の「前衛」であった革命政党が、権力を獲得した後に、大衆運動を弾圧する組織に転化してゆく過程がある（「スターリンの亡霊」）。二〇世紀の後半を特徴づけるこのような状況に対して、各人がその態度を決定し得るような理論的枠組を作りだすこと、それこそはサルトルにとっての知的課題であり、その課題を果そうとして彼はマルクス主義の理論の批判的再解釈と組み替え作業を行ったのである（『弁証法的理性批判』）。

内側の論理と外側の論理、実存主義とマルクス主義的歴史哲学とは、一方が他方に還元されないものとして、いかに関係づけられ、「全体」的な人間学に統合されるだろうか。人間に内在的で同時に超越的な絶対者を否定するとき——しかしそれこそが無神論の存在論的意味である——、理論的な統合は、不可能であるようにみえる。誰もそれをなし得なかったし、サルトルもそれをしなかった。キェルケゴール Kierkegaard とヘーゲル Hegel との出会う理論的な地点は、おそらくない。しかしすべての人間は、ヘーゲル的空間のなかにおかれたキェルケゴール的存在である。一個の具体的な人間は、内側と外側の条件、超歴史的実存と歴史内的存在とが、そこで出会う全体であり、事実上の統合は常に、避け難く、あたえられている。ゆえに内側及び外側からの一人の人間（フローベール Flaubert）の全体への接近が、サルトルのすべての仕事の必然的な結論になるはずである（『フローベール論』）。その最後の大作は、具体的な一人の男の事実に即するという意味で文学的であり、人間学一般の不可能な統合を望むという点で哲学的である。文学の哲学化、哲学の文学化は、彼の生涯の仕事の要約にほかならない（『フローベールは私だ』）。同時にまた、彼の仕事の要約は、時代の要約でもある。彼以上の勇気と、一貫性をもって、われわれの時代のもっとも基本的な思想問題にたち向った今世紀後半の思想家は、おそらくほかにない。解くことのできない問題を解く必要、——『存在と無』『弁証法的理性批判』『フローベール論』の三つの指標が示す巨大な仕事は、その必要の証言として、実に説得的であり、実に感動的である、と私は思う。ヤコブは天使と闘い、サルトルは科学技術と組織の時代と闘った、まさに人間的な心の文明をまもるために。

晩年のサルトルに、ミッシェル・コンタ Michel Contat が「あなたは自分の人生に満足しているか」と聞いたことがある。彼は「大変満足している」と短く応えた（「私自身についての対話・七〇歳の自画像」、『状況X』）。彼は避け難い死が近づくのを知っていたが、死についてではなく、生きることの意味について、考えることをやめなかった。

『毎日新聞』（一九八〇年六月三日、四日）

林達夫を思う……………………

林達夫は、思想の普遍性を信じ、精神の自由を生きた人である。

一方では、芸術を愛し、その背景としての思想にかぎりない知的好奇心をもちながら、他方では、そうすることのできる自分自身の社会的な条件を超えて、労働大衆への共感を失わなかった。中江兆民が義太夫の三味線と自由民権運動に、ジョン・ラスキンが「ヴェニスの石」と英国社会主義に惹かれたように、また近くはサルトルがマラルメとフランスの大衆運動の双方にひき裂かれていたように、両大戦間と戦後の日本に生きた林達夫の世界の両極には、シェイクスピアの科白の響きやイタリア文芸復興期の絵画の図像学があったと同時に共産主義やスターリニズムへの共感と批判――すなわち歴史と人民の問題への強い関心があった。その強い関心は、自分自身の特殊性を思想の普遍性へ向かって乗り超えてゆこうとする根本的な意志のあらわれである。

自分自身の特殊性は、もとより階級的条件ばかりではなかった。戦時中の知的鎖国状態のなかでさえも、林達夫は日本国の外へ向かってその知的世界の地平線を拡大しつづけた。やむことのない知的好奇心が蓄積した西洋文化についての知識の拡がりは、当時、またおそらくはその後にも、比類の稀なものである。その西洋ははるかに遠かった。われわれにとっての西洋は、ある意味で、近くなったが、それこそは世代のちがいである。遠かった西洋が、すなわち林達夫が、あらかじめ存在しなかったとすれば、われわれにとっての西洋が近くなることもなかったろう。

知識の拡がりは、それ自身が決定的な問題なのではない。そうではなくて、それが精神の自由のあらわれであったということが、決定的である。知的地平線を拡げてゆく運動そのものが、すなわち、その人の自由であった。権力——それが政治的であれ、経済的であれ、巨大な外国であれ、国内の組織であれ——に対して、彼が媚び、へつらい、倚りかかり、そうすることを合理化するために、もっともらしい理屈を発明したことは、一度もない。日本国民の熱狂した超国家主義に対しても、人々が批判をためらったスターリニズムに対しても、いわんや「経済大国」の自己陶酔に対しても。

私自身はいくらかその仕事の後を追って、今日に到った。戦前谷川徹三氏と共に林達夫が編集した岩波書店の雑誌『思想』の編集に、何人かの人々と共に、私は係わったことがある。また戦後林達夫が編集した平凡社の百科事典の、あらためての編集に私は携わっている。しかし今俄に訃報をきいて、私が頻りに思うのは、そういうことよりも、私が最後に会った病床の林達夫である。

それは早春のことであった。海辺の家の庭には、まだ花が咲いていなかった。そのとき、書物にかこまれた書斎の、高い寝台の上に半ば身をおこしながら、林さんが倦まずに語ったのは、目録をみてとり寄せた何冊かの西洋の新刊書の内容であった。あたかも身体の苦痛や日常生活の不便や身辺雑事の煩いがなかったかのように。私は今その話の内容を覚えていない。私が今鮮やかに思いうかべるのは、病にも年齢にもかかわらず覚めている精神、世界のできごとに対する活発な好奇心、自分自身をではなく歴史を語ろうとする意志、一種の含羞とでもいうべき節度、来客に対する細かい配慮、――要するに私が常に林さんの裡に感じた人間の質のすべてである。

豹は死して皮を残す。人は死して、――いや、この人の場合には、一つの生き方を、人はいかに生き得るかということの、その意味の測るべからざる一つの証言を、残している、と私は思う。

『朝日新聞』（一九八四年四月二七日）

林達夫　追悼

＊林達夫はこの世紀の、細かくいえば両大戦間の、日本国が生んだ自由な精神です。
　一八九六年から一九八四年まで、その生涯の間に、世のなかにはさまざまのことがありました。社会主義への大きな希望のあとには、大きな幻滅が続きました。植民地帝国主義の時代が終ると共に、一九世紀の西洋が作りだした習慣や制度が世界中に拡がり、その習慣や制度と、科学技術の加速的な進歩との間の不つり合いもまた目立ってきました。ファシズムの狂気のあとには、今も我々が立ち会っている核兵器競争の狂気が続きます。要するに、この時代の特徴は、善と悪、敵と味方、黒と白との区別がはっきりしなくなった、――あるいは、その区別をはっきりさせるための、万人の認めるような基準が失われた、ということでしょう。

　このような時代の状況に対して個人がとり得る態度には、二つがあります。その一つは、外からあたえられた評価の基準をそのまま受け入れて、あたかもそのほかに別の基準がないかのように振舞うことです。たとえば流行に従って、猫も杓子も反共主義の大合唱に加わり、同じような服装をする、――これは受け身の態度といってよいでしょう。

もう一つは、現に多くの価値があるということを認めて、その一つをみずから選ぼうとする積極的な態度です。政治権力であろうと広告会社であろうと、共同体の仲間うちの圧力であろうと、価値判断の基準を一つに絞ろうとする外圧にはあくまで抵抗し、多くの選択肢を開いたままにしておくこと、そうした上でそのなかの一つをみずから選ぶこと、そういう態度を個人の精神の自由と呼ぶとすれば、林達夫が採用し、その長い生涯を通じて決して譲らなかったのは、この態度です。たとえそのために、時と場合によっては、社会的活動の可能性を捨てざるを得なかったとしても。

たとえば自宅の庭にどういう木や草を植えるか。「花は桜木」とか「同期の桜」とかいう言葉が流行していた時代に、この自由な精神は、桜ばかりではなく、シェイクスピアに出てくる草花を植える可能性も考えたにちがいありません。しかし草花にかぎらず、何かを選ぶということは、選ぶ基準を選ぶことであり、基準を選ぶことは、つまるところ、世界の可能な解釈の一つを選ぶことになるでしょう。選択が成りたつためには、選択の対象についての知識が必要です。林達夫の倦むことのない知的好奇心が、自分自身の外にある歴史や社会や芸術作品の全体に向かったのは、おそらくそのためではないでしょうか。自己告白を面白がっているひまはなかったはずです。告白の趣味や「生きがい」の範疇からかぎりなく遠いところで、この自由な精神は生きていたのです。

しかし、知識のみによって何かの対象を選ぶことはできないでしょう。選択の、したがって自由の条件は、知識と共にまた一種の直感力であり、価値に対する感受性です。人はその人の神を、あるいは恋人を、あるいはモーツァルトを、比較検討の結果選ぶわけではありません。林達夫が自由な精神であったということは、単にその知識が広く、かつ豊かであったということではなく、またその直感力が鋭く、その感受性がこまやかで微妙であった、ということを意味するはずです。

しかし、林達夫における自由は単に選択の自由ではありませんでした。世界を解釈すること、あるいは理解することは、精神が世界を超越する一つの形式です。すなわち世界の理解とは、精神が自己の外にあり、自己を条件づけるという意味で、自己に超越的です。逆に世界は、自己の外にあり、精神が自己に超越的な世界に超越することであり、それこそは精神の自由のもう一つの定義にほかなりません。自由な精神は、自分自身を含めての世界を超越するために、絶えず世界を対象化し、そこに見出し得る一つの秩序を別の秩序と比較し、相対化し、批判し、評価する。そのことが、しばしば反語（イロニー）となってあらわれるのです。「自由を愛する精神にとって、反語ほど魅力のあるものがありましょうか」と林達夫自身がいったのは、おそらくそのためでしょう。

このような精神のあり方は、そのまま文章にあらわれ、その文章は常に明瞭であり、殊に「日本浪曼派」ふうのあいまい主義が一世を風靡した時代には、まさに偶像破壊的に明瞭でした。物事の不明瞭な理解とは、要するに無理解と同じことです。しかるに目標は、世界の理解にありました。「いえることは、はっきりといい、いえないことについては、黙っていたほうがよろしい」のです。その文章の背景に、豊富で正確な知識があり、行間に鋭敏な感受性があふれていること、みずからいうところの反語が駆使されていることはいうまでもありません。かくして林達夫の不朽の功績は、自分自身を語らぬことによって自分自身を語る日本語の散文を作りあげた、ということではないでしょうか。

仕事の方法は、広い意味で、精神史的方法であったといえるでしょう。時代のさまざまな文化的表現、たとえば建築様式、絵画のイマージュや音楽の形式、文学の主題や哲学の体系、そういうものの相互の関連をもとめること、そのために複雑で多様な文化的表現を、時代の基本的なものの考え方と感受性のあり方に還元して理解すること、かくして理解された時代の文化を歴史的発展の相として叙述すること、――縮めていえば、およそそういうことが精神史的方法の内容でしょう。とすれば、そのことから林達夫の仕事がその著作ばかりでなく、雑誌『思想』の編集や平凡社の百科事典の編集に向かったのは当然でした。雑誌『思想』は領域のちがう専門家の論文を並べることではなく、それを一時代の日本人の思想として、すなわち一個の全体として提示することを目的としていました。同じことは百科事典についてもいえるでしょう。その目的は、多くの情報を提供することだけではなくて、情報相互の関連を示し、情報の全体についてある見通しをあたえることでした。殊に情報が多くなればなるほど、その全体への見通しがいよいよ必要になるでしょう。「学びて思わざれば罔《くら》し。思いて学ばざれば殆《あやう》し」林達夫がそのつり合いを百科事典において復元しようとしたことの意味は、今日ますます大きいだろうと思います。

両大戦間の多くの日本の知識人たちは、西洋で暮らさず、西洋の本を読んでいました。その人の日常の環境からはるかに遠い西洋は、つまるところその人格の外部にとどまるほかはなかったのでしょうか。少くとも林達夫の場合には、そうではありませんでした——西洋的なるものが、個人の精神の自由を意味するかぎり。林達夫とは、はるかに遠い西洋の内面化という現象です。それが西洋崇拝と関係のないことはいうまでもありません。もしそうでなければ、日本国中が「聖戦」とか「大東亜戦争」とか呼んでいたいくさを、どうして帝国主義戦争と呼び続けることができたでしょうか。もしそうでなければ、猫を猫と呼び、侵略を侵略と呼ぶことができなくなったとき、どうしてただ一人、沈黙を選ぶことができたでしょうか。

戦争とファシズムに反対の意見をもって黙っているだけならば、容易なことだったのでしょうか。私はそうは思いません。もしそれが容易だったとすれば、もっと大勢の日本人がそうしたはずでしょう。その沈黙は、何の役にも立たなかったのでしょうか。しかし沈黙は社会的発言の一種です。たしかにそれは戦争を防ぐためにも、それを早く終らせるためにさえも役立ちませんでした。しかし、日本の軍国主義を断固として拒否するその沈黙がなかったならば、日本の知識人が単なる烏合の衆ではなかったとどうしていえるでしょうか。たとえば私たちが核兵器競争に反対するのも、そうすることでただちに軍拡競争をやめさせることができると考えるからではありません。そうではなくて、核兵器に反対する人間のほうが、しない人間よりも、ましだと思うからではないでしょうか。ただちに核兵器を廃止するためには、おそらく役立たないであろう発言や運動も、日本人の人間としての誇りを維持するためには大いに役立つでしょう。

一人の林達夫が生きていたことは、かくして日本の文化と日本人にとって、重要なことでした。林さんの死顔をみたとき、――林さんは私が二年ほど前、海辺の家に訪ねたときと少しも変らず、同じ部屋の同じ寝台に、眠るように静かに横たわっていました。その死顔は、生きていたときと同じように、人間は自由な精神であり得るということを、静かに、しかし断固として語りかけてくるようでした。

私は、蘇東坡が韓愈の碑に刻んだ言葉を引いて、林さんへの弔辞にかえたいと思います。

その逝くや世に為す所有り

『月刊百科』262号（平凡社、一九八四年八月）

＊　本稿は、一九八四年五月三〇日に行われた林達夫氏の葬儀での著者の弔辞。

宮川寅雄先生墓誌

私が宮川寅雄さんの死を悲しむ理由は三重である。

宮川さんは、私にとって、会う機会が少く、しかも会えばただちに打ちとけて話すことのできる先輩であり、友人であった。かくの如き人を失うのは私の悲しみの大きなものである。

また、宮川理事長の逝去は、日本中国文化交流協会の今日および将来の活動にとって重大な損失だろう、と私は考え、そのことを悲しむ。しかしそれだけではない。

宮川さんが、中島健蔵さんや白土吾夫さんと共に、日中の文化交流のために働きだしたのは、日中国交回復以前、すなわち時流に抗してのことであった。私はその反骨を尊敬する。私は尊敬する日本人が一人少くなったことをも、大いに悲しまざるをえないのである。

『日中文化交流』380号（一九八五年二月二五日）

パリ、ベルン、オッタワ、そして再びパリ……………

パリ

その頃萩原さんは、大使ではなかった。占領下の日本政府には、旅券発行の権利も、大使館開設の資格もなかったからである。パリにはまだ少数の日本人しかいなかった。そのなかの、フランス政府の留学生であった森有正さんや私を、在外連絡事務所長の萩原さんは、芝居に誘ったり、御馳走したり、週末に自動車で郊外へ連れだしたりして下さった。森さんと私は、せめて一度くらい、御礼のしるしに、こちらからも招待しよう、と考えたけれども、とても高級な料亭へ御案内するほどの金はない。結局ラテン区の学生用安料理屋ということになったが、萩原さんはそこへ快く出てきて下さり、いつものように談笑された。格式を越えての素晴らしい開放性が萩原さんにはあった、ということを私は今懐しく想い出す。

ベルン

サンフランシスコ条約が発効し、日本国が国際社会に復帰すると、萩原さんはスイス大使になられた。そして私をパリから呼びよせ、大使館に泊めて、国際代議士会議のためにベルンを訪問した日本の代議士団の通訳の仕事を世話して下さった。その親切は身に沁みた。大使は私の貧乏を忘れず、フランス以外の国をみる機会もあたえてやろうと配慮されたにちがいない。通訳の支払いはよかったから、私はスイスを見物したばかりでなく、その後でイタリアを旅行した。また衆参両院与野党の代議士さんが、海外でどういう想像を絶した振舞いをするかということも、実地に知ることができたのである。

オッタワ

萩原さんがカナダ大使のときに、私はブリティッシュ・コロンビア大学の教師になり、あるとき、大使館の暖かい部屋で――早春のオッタワの河の水はまだ凍っていた――、国際問題について萩原さんと議論したことがある。今その内容は忘れてしまったが、意見は真向うから対立した。しかしその後も、萩原さんの私に対する個人的な親切と好意は少しも変らなかった。そればかりではなく、別の機会に、私を誰かに紹介するのに、政治問題について鋭い意見をもつ男だ、という意味のことをいわれた。さすがに多くの会議や交渉を通ってきた練達の外交官だ、と私は思い、それ以上に、その寛大さに感心した。あれほど暖かく、寛大な人を、私は他に多くは知らない。

パリ再び

フランス大使公邸で、食事の後で、そこにはもうみんな故人となってしまった小林秀雄、森有正、エリセーエフ、アグノーエルというような人々がいたと思うが、萩原さんが少し酔って、しきりに、感にたえたように、「素粒子が原子核からとび出すとどこへ行ってしまうかわからない」と繰返していたのを、私は想い出す。そのとき私は、「どこへ行ってしまうかわからない」という話は、確率の概念を考慮しないと、ほとんど意味をなさない、という風なことを、呟いていたのかもしれない。「しかし、君、とび出すとどこへ行っちまうかわからないんだ」と萩原さんはいつまでも繰返していた。——あれは本当に素粒子の話だったのだろうか——と私は今にして思う。「どこへ行ってしまうかわからない」のは、実は、現代史、あるいは人間、あるいは萩原さん自身だったのではなかろうか。

『追悼　萩原徹』（萩原智恵子、一九八五年一〇月、非売品）

河野夫妻の想出……

河野与一・多麻御夫妻のどちらに先におめにかかったのだろうか。多分多麻さんの方が、先だったのではないか、という気がする。熱海の岩波別荘で、そのとき多麻さんは、日本古典文学大系の『宇津保物語』校訂の仕事をして居られて、たまたま行きあわせた私は、そこで夕食の度に何度かつづけておめにかかり、その度にながい話をして、すっかり親しくなった。話は『宇津保物語』のことだけではなくて、文学・政治・社会のあらゆる事に及んだのを、よく覚えている。

和服の着こなしが美しく、日本語の話し言葉の美しい年配の婦人の、広い知的好奇心から、衝撃というと誇張になるかもしれないが、それに近いほどの強い印象を私は受けた。多麻さんは、専門家であり、同時に単なる専門家ではなかった。そういうことは、男女を問わず、あまりしばしばあることではない。しかもあの年代の日本の婦人の場合には、そもそも専門の学者が少かったのである。

知的好奇心と書きながら、私はそれだけではない、という気もする。好奇心だけではなくて、開かれた心、偏見からの自由、あらたな情報に接すれば、あらためて通説乃至従来の意見を検討する用意が、多麻さんにはあった。そのことと、「女の立場」ということとは、関係していたのかもしれない。

後日御夫妻の海外旅行のときに、私はヴィーンで国立歌劇場へお伴をした。演《だ》しものは、『フィデリオ』。指揮はヘルベルト・カラヤン、主役はクリスタ・ルートヴィッヒが唱っていた。その演奏はよかった。見知らぬ隣席の老婦人が話しかけてきて、「私はフィデリオを二〇回聴いたが、これほどよかったことはない」といったほどである。多麻さんには、『フィデリオ』ばかりでなく、国立歌劇場も、そもそも歌劇というものも、はじめてであった。「素晴しい、何もかもね」と多麻さんはいった、「西洋の女は、自分の愛する人のために、こうするのだ、ということが、はじめてわかりました」。――つまるところベートーフェンも、その他のことをいいたかったのではなかろう。

欧州旅行のあとで、御夫妻はカナダへ立ち寄られた。その頃私がヴァンクーヴァーに住んでいたということも、その理由の一つであったろう。何日か私の家に滞在された。ある日私たちは、ヴァンクーヴァー近郊のスタンレイ公園を見物に出かけた。御夫妻は和服に草履という服装で、私はあまり長く歩かなくてよいように車を止め、多麻さんと話しながら公園のなかをしばらく歩いて、ふと気がつくと、与一先生が見えない。先生を探しに来た道をひき返した私は、遠い松林のなかに、子供も混えた家族連れの六、七人の一団の人々と共に、与一先生の羽織白足袋をみつけた。

私が近づくと、その家族連れの一団は、ほとんど興奮して、口々にいいだす、「実に驚くべきことがここでおこった、これだけは思ってもみなかったことだ、こんな愉しいことはない……」——そこで彼らがギリシャからの移民であるということがわかった。そのなかの一番年上の、一家の親父という風の男は、カナダに移り住んで二〇年、ギリシャ語で誰かと話したことは、今日ただ今まで一度もなかった、家族以外、ギリシャ語で話したのは、この日本の紳士とが初めてである、といった。

「日本にはギリシャ語を話す人がいるのか」。

「いや、一人しかいない。あなた方は運がよかった。その一人があなた方の前に立っている」と私は答えた。

与一先生が古典ギリシャ語に通じて居られたことは、天下周知である。しかし現代ギリシャ語を話されることまでは、そのときまで、私も知らなかった。

与一先生は、哲学・文芸の古典を、原語で読み、その渉猟するところは、おどろくべき広範囲にわたった。しかし翻訳を除いて、ほとんど本を書かれなかったのは、ラ・ブリュイエールもいったように、すべての重要なことは、すでに言われてしまった、とお考えだったからだろうか。あるいは、著作の条件としての narcissism と exhibitionism があまりにも少かったためだろうか。

すべてを知って、何事も言わず。その人間の内から発して、おのずから外にあらわれる気品を、私は常に感じていた。いや、それを感じたのは、私だけではない。あるとき私は先生を箱根へお送りするために、他の車の少い自動車道路を走っていて、警官につかまった。「制限速度を二〇キロも超えている」とその若い警官はいった。私は急がざるをえない事情を説明した。「日本の大学者、河野与一先生を一刻も早く箱根へお送りするのが、私の任務である」。警官は車のなかに端然と座って居られた先生を見ると、俄にその態度を変え、丁重に敬礼して、私が再び走り去るのを見送った。私が罰金をとられなかったのは、河野先生の気品のおかげである。

『回想　河野与一　多麻』（「河野先生の思い出」刊行会編、一九八六年七月）

大窪愿二氏追悼

大窪さんは、東京世田谷区の私の家から遠くないところに、住んでいた。そして会うことの稀な人であった。しかし会えば、どういう前おきもなしに、直ちに話の通じる人でもあった。どうしてそういうことになっていたのだろうか。

思うにそのことは、カナダと関係し、IPRと関係していたのだろう。大窪さんは、長く東京のカナダ大使館に勤めていたし、IPRの日本支部で働いていたことがある。そしてHerbert Normanと親しく、その著書の翻訳者でもあり、著作集（岩波）の編集者でもあった。またIPRを通じては、ニュー・ヨークの本部の事務局長をしていたBill Hollandをよく知っていた。

他方私にとって、カナダは日本国の次にもっとも長く住んでいた国である。私はUBCで日本のことを学生に教えていたが、そのときのアジア研究学科の首任が、マッカーシズムの攻撃を受けてIPRを解散し、ニュー・ヨークからヴァンクーヴァーに移って来ていたBill Hollandであった。私は彼の家に同居していたこともあり、彼とは極めて親しい。ＩＰＲのことは度々彼の口から聞いたのである。Herbert Norman とは、――親しかったとはいえない。しかしその著書からも会話からも学ぶことが多かったというだけでは足りない気がする。その悲劇的な死の直前に、パリで、もしそれがなかったら、親友になり得たかもしれないような数日を過した、とでもいうべきだろうか。

このような共通の友人をもつことは、その人々についての話題を共有するということだけではなくて、おそらく、それ以上に広汎な関心の方向を、またある種の立場さえをも、共有することを、意味するにちがいない。たとえばマッカーシズムに、――またそれを生みだしたすべてのものに、明瞭に反対する立場をとらないで、Herbert Norman 著作集の刊行に努力を傾けることなどは、不可能だろう。また Bill Holland の真の友人になることも、決してあり得ないと思う。

大窪さんは、日本の社会と歴史の基本的な部分に、注意を向けていた。すなわち戦後の天皇制と、戦前戦中の日本共産党である。その著書は、大窪さんの関心の対象がどこにあったかを、見事に示す（Problem of the Emperor System in Postwar Japan, Japan I. P. R., 1948. および George M. Beckman 氏との共著 The Japanese Communist Party 1922-45, Stanford University Press, 1969）。次の仕事は、ＩＰＲの記録を作ることであり、それもおそらく大窪さんにしかできない仕事であったはずである。

しかし大窪さんと私との間で話が通じ易かったことのもっとも深い理由は、つまるところ、大窪さんはカナダ大使館の窓から、私はカナダの大学の研究室の窓から東北アジアの不思議な国、この遠くて近い日本国を、眺めていたということに、帰するのかもしれない。

『追想　大窪愿二』（大窪愿二追悼集刊行会、一九八七年九月）

「開かれた」心

笠置君でもなく、笠置さんでもなく、やはり笠置と呼びすてにして来たように、そうする他はない。そうでないと、私の想い出にはつながらない。われわれは旧制中学校の同級生であった。しかし同級生だったからだけではないだろう。

その後長い間われわれが会うことは稀であった。折にふれての出会いが多くなったのは、彼が新聞協会で活躍しはじめてからである。お互いに中年を過ぎてからのことだ。そこで会えば――それは何かの、あれやこれやの、国際会議でもあった――笠置君でもなく、笠置さんでもなく、直ちに笠置だった。

何という素晴しい人間で彼はあったか。私は西洋人のいわゆる「開かれた」心（または精神）に出会った。どこの国の人に対しても、男にも、女にも、昔の同級生にも立場を異にする相手に対しても。そのことに私は感心したし、今でも感心する。笠置は国際会議において「外人」を扱うことが上手だったのではない。たとえそうであったとしても、そんなことに私は感心しない。私が感心するのは、彼の「開かれた」態度が、国際会議場においても、家庭においても、全く変らなかった、ということである。

もう一つ、彼は私の夢想だにして得なかったことをなし遂げた。すなわち宝塚歌劇団の「スター」と結婚した。「スター」は普通の人間からは無限に遠い存在である。その遠い距離を一挙にちぢめた笠置には、凡人の理解を絶した一種の超能力が備わっているかのように私には思われた。その後年月が経ち、今では彼女が、笠置をして笠置自身でありつづけることを、可能にしたのだろう、と私は想像する。

われわれの共通の友人、原田義人が若くして死んだときに、私はその死が唐突で、不条理で、暴力的であると感じた。彼はなし得たでもあろうことをなし得ないうちに去ったのである。笠置の場合は、おそらくそうではなかった。死は思いがけなく、突然ではあった。しかし彼の生涯は、なすべきことをなし、果すべきことを果し、ほとんど古典的に見事に完結した生涯ではなかったろうか。私はそう思う。

笠置正民編『愛隣人―笠置正明の想い出』(精興社、一九八七年九月)

ある自由人の死

東京の富坂町に一人の自由な個人が住んでいた、誇り高く、心温かく、理想を失わず、覚めた批判精神をもって。彼はもうそこにいない。ルネ・ドゥ・ベルヴァル René de Berval は、一九八七年の暮れに死んだ。私にはその生涯が一つの完結した芸術作品のようにみえる。

三〇年代の彼は、若い詩人で、エドモン・ジャルー Edmond Jaloux やジャン・コクトー Jean Cocteau やマックス・ジャコブ Max Jacob や当時のパリの多くの詩人たちと親しかった。その詩集に序文を寄せたのは、リトゥアニアの詩人＝外交官ミロシュ Milosz である。ミロシュはその頃フォンテンブローの森で、小鳥と会話をし、『黙示録』を解読してミュンヘン会談や世界大戦を予言していたという。若い詩人は、その頃、人間と宇宙との関係を定義する形式の一つが、詩である、と考えていたらしい（当時の想い出は、『パリ一九三〇年代』岩波新書、一九八一年に詳しい）。

突然、世界大戦が始まり、召集され、仏軍の「モロッコ騎兵隊」に入って忽ち捕虜となる。しかし脱れて、「抵抗運動」に参加し、「ルクレール師団」の一隊と共にヒトラー Hitler のベルヒテスガーデン山荘に突入した（彼はそのとき発見した『我が闘争』のヒトラー手沢本——かもしれない——をもっていた）。

解放後のパリでは、戦犯作家の追及が盛んになる。彼は、友人コクトーやジャルーやアンドレ・サルモン André Salmon の苦しい立場に同情し——それが「抵抗運動」に参加した若い詩人にとって「有利な」撰択でなかったろうことは、容易に察せられる——再びルクレール将軍に従って、インドシナへ行く。そこで創刊したのが、半ば学術的、半ば文学的な雑誌『フランス＝アジア』である。

サイゴン時代のルネ・ドゥ・ベルヴァルを私は知らないが、ヴィエトナム人民との友情は厚かったろう。その立場は、インドシナ戦争当時のフランス当局に歓迎されるものではなかったにちがいない。グレアム・グリーン Graham Greene の小説『静かなアメリカ人』の冒頭には、「ルネに」という献辞があり、小説の主人公は多くの点で彼に酷似している。またその頃彼が仏教に近づいたことも、確かである。『フランス＝アジア』の特集号「仏教の現在 Présence du Bouddhisme」（一九五九年）は、欧米の有名な仏教学者を網羅し、一〇〇〇頁以上に及ぶ大冊で、彼がほとんど独力で仕上げたものである。

インドシナでは、ディエンビエンフー（一九五四年）の後、仏軍が引き揚げ、次第に米軍が入れ替る。ルネ・ドゥ・ベルヴアルは、仏教特集号を出した後、彼が深く愛していたインドシナを去り、そこでは続刊できなくなった『フランス＝アジア』を、東京で続けようとした。それが六〇年代の富坂町での彼の仕事である。雑誌はその後、経済的困難のために、東京で続けることができなくなった。しかし生活のために翻訳の仕事などをしながら、彼は富坂町の家で、仏像にとりかこまれながら、ひっそりと暮していた。その間には、一休宗純の『狂雲集』の一部の翻訳を志したこともある。あるときからは、三〇年前の「仏教の現在」を整理し、その一部を削り、新稿を加え、彼自身の編した文献目録を附して、新版をつくる仕事に専心し、それを完成した。その本が同じ題名でガリマール社から出たのは、一九八七年の秋である。旧版が出た直後に、彼はサイゴンを去った。新版が出た直後に、彼は東京を、そして苦悩に満ちたこの世界を、去ったのである。

私はしばしば富坂町の家に彼を訪ねた。彼は常に談論風発して、米国のヴィエトナム戦争に激しく反対し、「高度成長」以後の日本社会の金もうけ主義を痛烈に批判し、ある優しさを以て遠いインドシナの自然と人々とを語っていた。彼の立場が強者の側にあったことは決してなく、弱者への共感が話の全体を貫いていなかったこともない。彼自身は、権力も、富も、名声ももとめず、また友人に、どういう種類の援助にしても、何らかの援助をもとめることがなかった。

私はまた、そこで何人かの人々に会った。そのなかには、彼の友人たちがいて、ルネの友人は誰でも彼らの友人だ、というのを聞いたが、その後、私は「友人」という言葉で彼らの意味するところが、ほとんど全く無条件であることを、発見した。「しかし、人生に訪れるさまざまな危機にさいして、問題になることはただひとつ、自分が尊敬し、愛する人々に対して、変らぬ真情を持ちつづけることではないでしょうか」(『パリ一九三〇年代』二〇八頁)とルネはいったことがある。私は「友情」という言葉を定義しようとするときに、いつもルネ・ドゥ・ベルヴァルを考える。彼は多くの人々に対して怒り、多くの人々に失望し、多くの人々とけんかをした。たしかに彼は「むずかしい人物」だった。しかしそれは狷介だったからではない。そうではなくて、人間関係に「真情」をもとめていたからである。

何故仏教だったのか。仏教もまた、個人と宇宙との関係を定義する一箇の思想的装置と解することができる。個人の魂と宇宙との、もし一致でないとすれば、照応=会話の形式――それは若い詩人が、三〇年代のパリでもとめていたものから、おそらく遠くない。ルネ・ドゥ・ベルヴァルが一人の「個人」であったという意味は、彼が母国を離れて遠い国に暮したということではないし、孤独であったということでもないだろう。バカな操り人形でなければ、孤独でない人間などいない。そういうことではなくて、彼がみずからの原理に従って生き通したということである。その一貫性は、三〇年前も、今も、私を感動させる。

その原理とは何であったか。それは精神の自由としかいい様のないものである。勇気と決断を以て、たとえいかなる代価を支払っても、彼が決して売り渡そうとしなかった精神の自由。そして二人の自由な精神の間の関係。またその自由な精神が、フォンテンブローの森のミロシュのように、小鳥と、生命と、宇宙の秩序と、ひそかに交したであろう会話の時間。

さらば、ルネよ。富坂町の家に、私が再び行くことはない。いや、あの家はひき倒して誰かが高層建築を建て、誰かがそれでもうけるだろう。しかしそんなことは、われわれには関係がない。われわれの会話は、私自身の一部であり、私の生きているかぎりそれは続くだろう。

『朝日新聞』（「夕陽妄語」、一九八八年二月九日）

追　記

ルネ・ドゥ・ベルヴァルの葬儀は、一九八八年二月一一日午後二時から、浅草の浅草寺で行われた。

弔辞〔ルネ・ドゥ・ベルヴァル〕

私は今月9日の朝日新聞に René de Berval のことを書きました。御読み下さった方もあると思いますので、一言だけ述べさせていただきます。

René de Berval は、その後半生、戦後の四〇年以上を、アジアで過しました。日本で過しただけでも、四分の一世紀を超えます。

しかしその言葉によって、したがってまたその文化によって、フランス人でした。フランスが彼を作ったのです。

日本人の大部分は、フランス語を話しませんから、彼の日本人との接触の範囲は、限られていました。しかし限られた数の日本人にあたえた影響は深かったと思います。おそらく戦後日本に住んだ外国人のなかで、日本文化に寄与するところもっとも大きかった一人ではないでしょうか。

文化への寄与の大きさは、その拡りばかりでなく、またその深さによって測られるからです。

東京はめまぐるしく変る町です。建物も、話題も、価値さえも。その町の眞中に、廻転する車輪の軸のように、台風の渦巻きの目のように、動かない René de Berval の世界がありました。文化は、芭蕉がいったように、不易流行です。その不易の面を測る尺度が、彼の存在でした。その意味は、まことに大きい。彼は頑固だったかもしれません。しかし、幸いにして、頑固だったのです。

René は亡くなりました。しかし私たちの間に残るのは、想出だけではありません。むしろこのむずかしい世の中に生きてゆくための参照基準だろうと思います。

（一九八八年二月一一日、浅草寺におけるルネ・ドゥ・ベルヴァルの葬儀で述べた弔辞原稿）

弔辞〔石川淳〕……………………………………

石川淳*、号は夷斎、一八九九年浅草の生れ。江戸児の気風があって、生涯官に仕えず、役職に就かず、市井に酒を酌んで歯切れのよい毒舌の実に爽かな人でした。しかしそれだけではなく、また多くの書を読んで、学問を尊び、学者を敬し、漢学では吉川幸次郎、洋学では林達夫と親交がありました。蘐園学派の後、江戸の文人の日常に似ていたといえるでしょうか。あるときは上田秋成のように、あるときは蜀山人のように。

青年のときにはアナトール・フランスやアンドレ・ジッドを訳したこともありました。彼らはおそらくそれぞれの時代の批判的精神の代表者です。そのときすでに青年石川淳の撰択は、西洋文学から何を受けとるべきかを、示していたのかもしれません。その後の文人石川淳の、しかし江戸の文人においてよりもはるかに際立つところの、特徴は、その批判精神、すなわち精神の自由と開放性です。

第一に、文芸批評においては、たとえば戦時中に発表された森鷗外論で、晩年のいわゆる「史伝」を、鷗外の文学の最高の到達点として評価しました。またたとえば、文人画における蕪村の評価、殊に『夜色楼台図』のそれも、独創的かつ説得的です。

第二に、批判精神は、芸術作品に対してばかりでなく、戦時中においてさえも、権力に対して発揮されました。たとえば三七年、盧溝橋事件の年に書かれた『マルスの歌』の主人公は、日本の軍人が中国人の少年の頭に手を置いている「ニューズ映画」の場面を見、その少年の顔に断乎として明瞭な拒否の表情をみとめます。その軍人自身は、「日支親善」のつもりで、少年の表情には気がつかなかったはずです。侵略者は侵略の相手の表情を読みません。おそらく「ニューズ映画」を撮った人も、また映画館の中の大部分の観客も、少年の表情の意味を読みとらなかったでしょう。しかし少年の表情を読むことと、「日支親善」または「大東亜共栄」という政府またはその御用学者の宣伝文句を見破ることとは、同じことでした。そういうことは、大勢に順応しない精神の自由がなければできません。

人は二人の主にかね事《つか》うること能わず。権力と富に事えるか、精神の自由に事えるか、そのどちらかです。

しかし第三に、その批判精神が、最高の成果を生みだしたのは、文芸批評でもなく、権力批判でもなく、おそらく文章そのものにおいてでしょう。精神は文章のすみずみまで浸透した、——

というよりも、精神の外在化が作文の行為であり、精神が文体になったのです。

李杜韓柳以来の中国においてと同じように、江戸時代の日本の文人の資格も、詩とならんでの文、すなわち序跋の類の短い文章に、彫琢の限りを施す技術でした。その技術の前提は、和漢の古典の豊かな知識であり、その文章の特徴は、簡潔さと、巧妙な引用です。鷗外荷風の後、今日の日本でその伝統を継いだのは、石川淳ただ一人でした。江戸時代の規準に従えば、文人、今日の言葉でいえば、重層する「イメージ」の密度において比類のない古典的作文の名人です。

しかし江戸時代の文芸のもう一つの形式は、戯作です。この方は、話し言葉の語彙を活用して、作者の語り口に組みこみ、独特の味を加えます。それには語感の鋭さが必要であり、その意味でも、太平洋戦争以後の著作のなかでの双璧は、おそらく中野重治と共に石川淳だったろう、と思います。一方が作りだした効果は、執拗な分析の肉感性であり、他方が到達した魅力は、洒脱なあしらいの切れ味ということになるでしょう。

戯作は今日の批評家が小説とよぶものです。文が事実に即するのとはちがって、戯作は架空の物語であり、想像の世界を構築するものです。そこに動員されたのは、話し言葉の語彙だけではなく、また儒家の古典の概念ばかりでなく、和漢の文化の伝統のなかでも、もっとも想像力に富み、架空の「イメージ」に豊かな仏典からの引用でした。

小説は『普賢』から始って、『修羅』を通り、晩年の『六道遊行』に到ります。そこでは菩薩が貧しい女になり、貧しい女が突然菩薩になります。焼跡の闇市の少年がイエスになるように。天上界と人間界との間には交流があり、同時に、人間界はまた修羅や畜生の世界にも通じます。もし想像力がそこを自由自在に往来すれば、六道遊行ということになるでしょう。

精神と身体の二面性は、人間の条件です。その精神的な面を天上に擬し、身体的な面を人間界以下の四道に細分化すれば、六道となり、『六道遊行』の超現実主義は、実は人間存在の根本的な構造を反映する、——これが戯作です。

「神ながらの道」は、今此処の世界を中心として、彼岸の世界をみとめません。儒は怪力乱神を語らず。その伝統が説くのも、主として人間界のことです。人間の此岸ばかりでなく彼岸の光景についての豊富な「イメージ」を提供するのは、仏教です。故に戯作の言語は、話し言葉と共に、仏教的語彙を駆使します。

しかし石川淳は、二〇世紀の作家です。その長い生涯に、日本の軍国主義と消費社会を生き抜いたのであり、そこで江戸時代の詩文と戯作を継承しただけではありません。生活において、文章において、つまるところその人格において、伝統に新しいものをつけ加えました。新しいものとは、与えられた状況の特殊性を、普遍性へ向って乗り超えようとする断乎として一貫した意志です。

私は私の生きた時代に——人はその母国語と時代を択ぶことができません——、この作家の生きていたことに感謝しています。石川さんは亡くなりました。しかし私が石川さんから学んだこと、また学ぶだろうことは、私自身の一部です。死もそれを奪うことはないでしょう。

『すばる』4月臨時増刊号（集英社、一九八八年四月）

＊　本稿は、一九八八年一月二二日に行われた「石川淳と別れる会」での著者による別れの言葉。

矢内原伊作の三つの顔

晩年の矢内原伊作その人に会うことは多くなかったが、彼の顔にはしばしば出会った。パリやイタリア系スイスの美術館で、またワシントンの回顧展で、ジャコメッティの作品を見て廻りながら、私は矢内原の肖像画粗描に出会った。それは私の知っている矢内原の顔からは遠い。しかし紛れもなく矢内原伊作そのものであり、他の誰のでもない彼の濃密な存在感の定着である。私にとって矢内原は何時から存在しはじめたのだろうか。

昔学生であった頃、どこからともなく、矢内原という抜群の秀才がいるという噂が聞えてきた。彼は第一高等学校から京都帝国大学の哲学科へ行く。当時西田幾多郎や田辺元のいた京都大学は、あきらかに日本の哲学の中心であったから、そういう秀才が哲学を志して京都へ行くのは、当然だろうと私は考え、それ以上のことは考えなかった。その頃第一高等学校で、矢内原忠雄教授の講義を聞いていた私は、伊作に会ったことはない。戦後彼が東京にあらわれたとき、かつての秀才は、京都哲学を卒業し、詩的感受性において周囲から注目される存在になっていた、誰もが日本国の将来についてそれぞれの夢をもっていた敗戦後の一時期に、詩や哲学や文学の世界で、もし何か画期的なことが起るとすれば、そこで決定的な役割を演じるのは矢内原伊作だろう、という漠然とした期待が私だけではなく私の周囲にはあった。これが矢内原の第一の顔、伝説的な秀才の「イメージ」である。

実際の矢内原は伝説からちがっていたか。必ずしもそうではない。彼が記録したジャコメッティ語録はすばらしい。それがすばらしいのは「モデル」をしていた矢内原にジャコメッティの話を聞く機会が多かったからではなく、矢内原の側に芸術家の言葉の深さを理解し、感じとることのできる知性と感受性があったからである。そこには伝説的矢内原の、単に伝説ではない非凡の才があらわれている。もちろんエッカマンはゲーテではない。しかし『ゲーテとの対話』は、エッカマンがいなければあり得なかったであろうところの古典である。矢内原は、ジャコメッティを通して古典を作った。

＊

矢内原の人柄の魅力を、ジャコメッティは感じていたにちがいないが、それはジャコメッティだけのことではなかった。私は六〇年代にカナダのブリティッシュ・コロンビア大学で教えていて、定期的に周ってくる年休の度に、私に代って日本文学を教える教授を外部から招いた。それは、あるときには西ドイツの高名な日本学者ハミッチュ教授であり、また別のときには矢内原教授であった。私は年休と共に町を離れたから直接には大学とヴァンクーヴァでの矢内原を知らない。しかし後になって、彼の噂を殊にルネ・ゴウルドマンから何度も聞くようになった。ゴウルドマンは、その頃まだカナダ国籍をもたず、無国籍だったと思うが、ポーランドに生れ、フランスで教育を受け、リュクサンブールに住んだ後、中国で暮したことのある青年で、ポーランド語・ロシア語・フランス語・中国語・英語に通じ、大学では中国語を教えていた。その敏感で孤独で――彼の両親はナチに殺された――、おどろくべき語学的能力をもち、どこかに世の中をあきらめたようなところのある青年が、よく矢内原とつき合い、強く彼にひかれていた、――というよりも、魅せられていた、というべきだろう。

そして多くの女たち。彼らのすべてではなかろうが、何人かはおそらく矢内原を深く愛したにちがいない。しかし私は彼らを知らない。何時のことであったか、今は覚えていないが、ある時私は福永武彦と二人で京都へ行き、久しぶりに矢内原を訪ねたことがある。矢内原はみずから指定した喫茶店へ一人の若い女を連れてあらわれた。痩せて小さく、ほとんど「貧相」という感じのその女は、不きげんというほどではなかったにしても、妙に寡黙で、事情に通じない福永と私には理解できない短いことばを、ときどき矢内原と交す以外には、私たちに向って話しかけることがなかった。喫茶店を出た私たちは先斗町のどこかの料理屋へ向ったが、そこへもその女はついて来た。どういう事情が、矢内原の側にあったのか。福永と二人だけになったとき、福永は「久し振りで会うというのに、なにもあんな女を連れて来ることはないじゃないか」と吐きだすようにいった。そういう感想が私の側にもなかったわけではない。しかし私は怒るよりも、その日の出会いを謎のように感じた。矢内原にとってはなぜあの女が大切だったのだろうか。しかしどういう人間でも、その人間がわれわれにとって大切になることはあり得る。

京都での人の噂は、矢内原の多くの若い女とのつき合いに批判的であったようである。しかしそのことに私は興味をもたなかったし、今でももっていない。およそ男女のことは、よほど詳しく立ち入らなければ判断のしようがないし、詳しく立ち入ることは、私にはできない。そういうことよりも、私はただ、矢内原が多くの女たちとのつき合いのなかに「生きるよろこび」を見出していたか、少くとも見出そうとしていたのだろう、と想像する。

彼には宇佐見英治氏のようなすばらしい友人があった。あるいは、矢内原＝宇佐見の友情は、すばらしく濃かった。ジャコメッティ、宇佐見英治、ルネ・ゴウルドマン、そして私の知らない多くの女たちを、強くひきつけた人物に、特別の魅力がなかったとは誰にも想像し難いだろう。世の中の慣習に束縛されず「自由」であろうとする気力、思いやりと一種の優しさ、そこから現れてくる人間的魅力——それが「蕩児」矢内原伊作の第二の顔である。

＊

伊作は矢内原忠雄の息子である。息子の生涯には、父に対する反抗、あるいは父からの逃亡という面があったにちがいない。しかしそれだけではなかった。父矢内原忠雄から引きついだもの、息子が父と共有した特徴もあり、それによって彼らは周囲の圧倒的多数の人々から異っていたということもできるだろう。

矢内原忠雄は、二・二六事件の翌年、日本陸軍の中国侵略が上海から南京に及んだ一九三七年、『中央公論』（九月号）の巻頭に「国家の理想」を説いて、それが「正義」の実現であるとした。その論文は雑誌の発行と同時に削除処分を受け、矢内原教授が東大経済学部を去るきっかけとなった。

その半世紀後に、伊作は「正義人道に反する侵略戦争」と、「非道不義の軍国主義国家」について書いた（「四〇年目の八月一五日」『同時代』四六号、一九八五年一一月）。そこにも「正義」の語はあらわれている。

「義」「正義」「義理」などの言葉は古典中国語に見え、日本語にも用いられて久しい。しかし一九八〇年代の日本国で、基本的な価値としての「義」または「正義」を主張する文章は甚だ少くなっていたという印象を、私は持つ。何が正義であるかを定義し難いという考えが普及したからでもあり、またそもそも人心の向う所が、何が倫理的に正しいかよりも、何が経済的にもうかるかへ移ってきたからでもあろう。矢内原伊作の発言は、多数の若者を殺したいくさが、不義のいくさであったということを正面から言い切ったという点で少くとも目立つ。彼の場合には、正義の概念が、あるいは一歩を進めて何が正義であり何がそうでないかの確信が、どこから来たのだろうか。周知のように元古典中国語の「義」は日本語訳聖書に転用され、近代日本語では聖書を背景とする「義」の概念も、キリスト教徒の間では広く用いられてきた。矢内原忠雄の「正義」がそれであったことはあきらかだろう。伊作の「正義」もそれを受けついだのではなかろうか。そう考えれば、「正義人道」といい、「非道不義」という言葉の、いくらか唐突で、右顧左眄なく、断乎として簡潔で、妥協の余地なく明瞭な、それ故にこの八〇年代の日本国ではほとんど挑発的に響く表現が、よく説明される。

現に彼には矢内原忠雄伝を作る志があった。大日本帝国の植民地政策批判、無教会派のキリスト教、反戦、東大経済学部からの迎合的超国家主義者による追放、戦争中の聖書講義、戦後の東大総長、全面講和の主張——そういう人物の私生活を含めての肖像は、もし矢内原伊作がそれを描けば、同時に戦前・戦中・戦後を通しての日本精神史にもなるはずであったろう。そういう意味のことを、私は『朝日ジャーナル』編集部に話したことがある。伊作の「矢内原忠雄伝」の『朝日ジャーナル』連載は不幸にして未完に終ったが、あり得たかもしれない彼の主要作品として始ったのである。

矢内原伊作がその父と共有していたのは、一種の正義感であった、と私は思う。その正義感は第一に、直接いくさと日本軍国主義の経験にむすびつくものであり、第二に、年月と共に少しでも色褪せてゆくような性質のものではなかった。あれほど多くを殺し、あれほど多く死んだ一世代から生き残った平和主義者、矢内原伊作の第三の顔がそこにある。

＊

矢内原の三つの顔は、如何にして重なるだろうか。簡単には重ならないし、さればこそ彼には謎めいたところが残る。いや、彼だけではなくわれわれの知っていると思う人間が、実はそれぞれ謎めいている、ということなのかもしれない。しかし伝説的秀才の方は、しばらく措くとして、彼の第二と第三の顔、蕩児矢内原と、戦後日本の初心を失わず、平和と民主主義を説いて「四〇年目の八月一五日」の痛烈な文章を成した矢内原とは、矢内原忠雄に対しての反発と継承という二面を示すばかりでなく、実はいくさの経験の二つの表現にほかならなかったのではないだろうか。

いくさの経験とは、生き残りの感覚と死者との連帯の感情である。あの殺戮の場面から生還した者にとっては、生きているということが、それだけで貴重となる、何もしなくても、いかなる仕事を完成しなくても。仕事は、多かれ少かれ、それぞれの瞬間において生きているという感覚の犠牲を伴う「石との対話」と地質学との間には非適合性があって、両方を同時に採ることはできない。矢内原はその一方を採ったのである。いや、それだけではなく、不断に生きていることを確かめ、常に生の激しい燃焼を、彼がそれぞれの時に愛した女たちとの短い時間に、もとめつづけたのではなかったろうか。彼が快楽をもとめた、ということはできる。しかし単に快楽をもとめたのではなく、そこに生きていることの確証をもとめたのであろう。

いくさで殺された死者との連帯感は、いくさが天災ではなかったということと切り離すことができない。戦争をひきおこしたのは「わが国の軍部と政府」であり「国家神道的イデオロギー」であり、その戦争を「熱狂的に支持した日本国民」である。生き残った者がその全体に対してはっきりした態度をとらなければ、それは死者への裏切りということになるだろう。故に、またおそらくそれ故にのみ、矢内原伊作は「四〇年目の八月一五日」を書いた。

私は今ヴェネツィアのサン・マルコ聖堂でモーツァルトの『鎮魂曲』を聞き、しきりに亡くなった矢内原のことを想い、フェニーチェの劇場の近くの宿に帰って、この文章を書いている。死んでしまえば、もはやモーツァルトを聞くことはできない。矢内原も、彼の戦友も、他の誰も……。

『みすず』(みすず書房、一九八九年一〇・一一月号)

松本重治追想

生前松本さんとよび慣わしていたから、ここでも松本さんと書く。松本さんについて、「ほかの方が御存知ないような」面を書きなさい、という編集の方からの註文は、むずかしい。私の想出は、すべて私よりもよく松本さんを識る方々が、先刻御承知のことばかりだろう、と思う。それでも書くのは、——なんといったらよいか、亡くなった松本さんに、実はこういうことを私は覚えていて、感心し、尊敬し、できれば倣いたいと考えていたのです、と話しかけたいような気がするからである。

第一、イェイル大学のこと

松本さんには米国人の知人が多く、その国についての知識が豊富で、そこに一種の愛着があったろうことは、私もまたよく知っていた。しかし私が二年間米国にいて、帰ってからおめにかかったとき、「どこの大学にいたのか」と訊かれ、「イェイル大学」と答えると、「ああ、それでは、我々はイェイル人だね」といわれたのには、おどろいた。そういう感じは、私にはなく、イェイル大学出身の米国人（の少くとも一部）にはあるものだろう。なるほど、松本さんは、そういう点でも、米国人の感情を共有している、とそのときに私は思った。それは松本さんにとって、米国と米国人を識るということと無関係ではなかったのであろう。

第二、達意の英語

私は英語教師ではないから、英米人のように彼らの言葉を話すことはできないし、そうしようと努力したこともなく、そうすることに格別の興味をもったこともない。しかし英語は今日の国際語であるから、その言葉で他人の意見を理解し、自分の意見を述べたいとは思う。そういう意味での英語を、達意の英語というとすれば、それは英国中産階級風の抑揚とか、いかにも米国人らしい発音とかいうこととは、ほとんど全く関係がない。松本さんは、達意の英語の名人であった。そのことは、おそらく話し手の、日本人であるところの個人としての自己同定と、深く係っていたはずだろう。英語で話す松本さんと、日本語で話す松本さんは、その威厳と親しみ易さ、その意見の合理性と諧謔において、なんらの変りもなかった。

第三、意見のちがう人を受け容れること

六〇年安保闘争の頃だったろうか。亡くなった松岡洋子さんと私は、松本さんに招ばれ、国際文化会館で、今は名前を忘れた米国人に会ったことがある。日米安保条約の話が出て、米国の基地は日本にない方がよろしい、安保条約はなるべく早く廃止した方がよいと思うと、松岡さんはいった。するとその米国人は激怒して、話を打ち切ろうとした。そのとき、松本さんはおそらく松岡さんと同意見ではなかったろうが、冷静に、巧みに――と私は感じた――、その場を処理し、会談を続けるように導かれた。

米国の高官には、反対意見をいうとむやみに怒る人がいるらしい。ヴィエトナム戦争の最中にジョンソン Johnson 大統領顧問のロストウ Rostow 氏が、国際文化会館で、日本の知識人二〇人ばかりと会うという集りがあり、私もよばれていて、発言し、ロストウ氏を怒らせた。

ロストウ氏は「ヴィエトナムの朝鮮型解決」というような話をした、と思う。そこで私は、三〇年代の日本政府は中国大陸の情勢について多くの情報をもっていたが、その判断を誤ったし、五〇年代のフランス政府はアルジェリアに関して判断を誤ったということ、六〇年代の米国政府もヴィエトナムにおいて多くの情報をもちながら、なお情勢判断を誤っているだろう、という意味のことを、穏やかにいった。するとロストウ氏は激怒した。司会者の松本さんが、ヴィエトナム戦争についてどういう考えをおもちだったかはあきらかでないけれども、ロストウ氏と私との

間で激論が発展することを、松本さんは、巧みにそらされた。
　私が感心したし、今でも感心しているのは、松本さんの司会の巧みさではない。そうではなくて、たとえば松岡さんや私の意見をあらかじめ御存知の上で、国際文化会館の会合に招待されたということ、ある問題について意見のちがう人々に対して常に開かれた態度をとられたということである。意見の多様性を松本さんほど重んじた人に、私はめったに、殊にこの日本国で、出会ったことがない。

『追悼　松本重治』（国際文化会館『追悼　松本重治』刊行委員会、一九九〇年一月）

野間宏または文学の事

一九九一年の初めに野間宏は花に埋もれた一枚の写真になった。「野間さんはどう思いますか」と誰かが訊くと、少し頭を傾けるようにして、「ウーン」といったまましばらく黙ってしまうときの、あの考え深い眼、しかし自分のなかに閉じこもるのではなく、相手に、他人に、つまり世界に、語りかけてやまなかった眼が、そこにあった。その眼が冷たかったことは決してない。

私は長い間野間宏の通訳を一度だけしてみたいと考えていた。彼が「ウーン」といった後で、私が一五分間たてつづけに喋る。そうするほかに通訳のし方は考えられない。しかしそういう通訳の言葉は当人の考えに忠実であり得たろうか。西洋の格言にも「翻訳者は裏切り者 traduttore è traditore」という。その極限を試してみたいと考えていて、私は遂に果さなかった。

権力の批判者としての野間宏の態度は、戦中・戦後・高度成長期以後を通じて、変っていない。戦中には反戦で投獄されたことがある。高度成長期以後、カネまわりのよくなった消費社会では、カネに買われたことがない。今私たちが失ったのは、みずからの立場に従って生き、そのことにおいて見事に一貫していた日本の知識人の一人である。そんなことは当り前と人はいうだろうか。私はそうは思わない、それは、日本の場合にかぎらず多くの社会で、例外的に少いことだろう、と思う。

文学者としての野間宏も、近代日本の文学者のなかでは例外的な一人であった。多くの作家は、世界——自然的および歴史社会的環境——の秩序よりも、自分自身とその身辺に興味をもっていたし、今でももっている。「自然主義私小説」から太宰治を通って今日の流行作家の作文まで。しかるに野間は、自分自身よりも世界に関心を抱いていた。帝国陸軍の非人間性やブリューゲル Brueghel の絵の深みから、分子生物学の射程や環境汚染の問題に到るまで、およそ世の中の重要な事柄で彼の関心をひかなかったものはなかったようにさえ見える。「何でも見てやろう」と小田実はいった。野間の態度が、作家のなかで、殊に日本の小説家のなかで、例外であることはいうまでもなかろう。それは決して知的好奇心の問題ではない。

自分自身の外にある世界への関心は、もちろん、自然科学や社会科学の出発点でもある。学問の場における科学者は、第一に、まず世界を自分自身から切り離し（いわゆる「客観的世界」）、その世界を観察と考慮の対象とする。第二に、科学者も技術者も専門家であるから——しかも今日では高度に細分化された領域での専門家であるから——、世界の現実の全体ではなく、その一部分の一面のみを扱う。第三に、人間や社会にとって大切な問題よりも、解くことのできる問題を解こうとする強い習慣をもち、そのこととも関連して、第四に、精密で確実な結論のみを抽きだそうとする。その方法がどれほど有効で、どれほど巨大な結果を生みだしたかは、周知の通りである。

しかし野間宏は、専門的な科学者でも技術者でもなかった。彼は世界を、自分自身から切り離すのではなく、自分自身と関連づけて見ようとした。あるいは自分自身と世界との関係、別の言葉でいえばその相互超越性そのものを、関心の中心とした。その上で、自分自身を含めての世界の、部分ではなく全体を、見定め、表現しようとしたのであり、それが文学の課題、文学者の任務である、と考えていたのである。彼が「全体小説」について語ったのは、そのためである。

しかしそれはできない相談である。科学的情報を綜合して世界の全体についての精密で確実な知識を得ることは、誰にも不可能であろう。しかし誰でも、生きてゆくためには、相手の全体とつき合わなければならない。たとえば一人の女または男の全体、母国語としてあたえられた言語の全体、また一時代の一社会の文化の全体を考慮せざるをえない。全体的知識ではないにしても、少くとも全体的視像は、人間にとって欠くことができないものである。

野間宏は、文学者であったから、解くことのできる問題よりも、人間にとっての大切な問題を扱おうとしたのである。あるいはそうすることが、彼にとっての「文学」の定義であった、ということもできる。文学とは、大切だが解けない課題に挑む精神の冒険である。

そういう考え方は、野間宏だけの孤立したものであったろうか。おそらくそうではない。私は彼の訃報を聞いたとき、たまたまイタロ・カルヴィーノ Italo Calvino がハーヴァード大学での講義(一九八五—八六年、Norton lectures)のために準備した草稿(死後出版)を読んでいた。[1] カルヴィーノはそこで、ゲーテ Goethe が一七八〇年にシャルロッテ・フォン・シュタイン Charlotte von Stein 宛書簡のなかで、「宇宙についてのロマン」を考えていた、という話をしている。しかしゲーテは科学技術時代に生きていたのではない。その後の科学技術の発展は、文学作品のなかに世界の全体を捉えようとする不可能な事業を、いよいよ重要なものにした、とカルヴィーノはいう。たとえばジョイス Joyce 以後の作家たちのなかでも、カルロ・エミーリオ・ガッダ Carlo Emilio Gadda, ローベルト・ムージル Robert Musil, レエモン・クノー Raymond Queneau, ホルへ・ルイス・ボルヘス Jorge Luis Borges など。

たしかに世界の全体をその多面性において包みこもうとする意図、あるいはその本質を一面において要約しようとする企てが、そこにあった。もしもっと多くの例が必要ならば、フローベールを語って認識の方法を綜合しようとしたサルトル Sartre や、その舞台に人生の全体を要約しようとしたサミュエル・ベッケット Samuel Beckett を引くこともできるだろう。彼らの意図は必ずしも実現せず、企ては必ずしも成功しなかった。しかし圧倒的に、深いところまで科学技術によって浸透され、特徴づけられている今日の時代に、もし文学が単なる娯楽の一つの形式でないとすれば、そのほかの何を意図し、何を企てることができるだろうか。

野間宏と共にこの国で消えたのは、「戦後文学」などというものではない。「文学」の一つの定義である。その定義は、考えられる多くの定義のなかで、文学の人間にとっての意味を小さくするのではなく、大きくする……私はそういうことを考えながら、自宅へ戻るために乗った電車の窓から、晴れわたった日本の冬の青空を眺めていた。

野間宏はもういない。それでも空は明るく、白い雲は輝いている。ただそれだけのことが、私には異様に不思議に思われた。

『朝日新聞』（「夕陽妄語」一九九一年一月一四日）

（1）Italo Calvino, *Lezioni Americane: Sei proposte per il prossimo millennio*, Garzanti Editore, Milano, 1988. 翌年 Gallimard から仏訳も出ている。

原太郎さんと「わらび座」…………………

原太郎さんが「わらび座」を作った。どういうつもりで作ったのだろうか。

私はある日はじめて原さんに新宿でおめにかかり、対談をしたことがある。そのとき何を期待して原さんが「わらび座」を作ったのか、よくわかったような気がした。私は親近感を覚えた。その後しばらくして原さんは亡くなり、二度めの対談は実現しなかったが、今その志に触れて私自身の感じたことを、書き残しておきたい。

日本文化の広いすそ野には、長い間に培われたさまざまのものがある。それぞれの地方の方言や、民話や民謡、祭の歌や踊り、――そういう表現が、結婚や葬式の習慣も含めて、生産と消費の形態、祖先崇拝と価値観のすべてと共に、そこにあったし、今でもある。初めてその全体に注目し、全国を歩き廻って資料を集め、それを記録したのは、柳田国男である。またそこに作品の素材をもとめ、それを洗練し、構成して、現代日本を表現しようとしてきた芸術家や作家たちもいる。そうして宮沢賢治は原体村の踊り手をうたい、木下順二は民話劇を創った。現代の芸術は、すそ野から吸い上げることによって、新しい展望をひらく可能性をもっている。

しかし可能性を実現することは、必ずしも容易でない。民俗的な話も歌も踊りも地方的なものであり、それを生みだした時代のその地方の社会と、現代の日本社会とは、多くの点で、遠く隔っている。現代の芸術が成りたつためには、芸術家の側で、地方的特殊的なものを普遍的人間的なものへ向って超えてゆかなければならない。そのためには素材のなかに内在する普遍的なものを発見しなければならない。発見の条件は、もちろん芸術家の能力でもあるが、また同時に素材の性質でもあろう。あらかじめ素材のなかに含まれていない性質を発見することはできない。たとえば日本の民俗的音楽の伝統のなかに、それを適当に処理することによってバルトークの普遍性に達することのできるような要素が、内在するのかどうか。それは仕事をしてみなければ、わからない。しかし仕事をはじめるには、その内在を信じていなければならないだろう。原太郎さんは、そう信じ、そこから出発して、仕事を前へ進めようとしていた。日本の村の祭の歌と踊りから、現代の舞台を創りだそうという志をもっていた。

しかしそれだけではない。その舞台を誰が見て、聞いて、愉しむのだろうか。それはその舞台へ素材を与えたところの村人でなければならない。すそ野から吸い上げた芸術はすそ野へ帰ってゆき、そのことで民俗文化がそれ自身を超えて発展してゆかなければならない。——原太郎さんにはそういう考えもあった。村の「伝統」は、専門的な歌舞団によって、「現代芸術」に変る。その「現代芸術」を、伝統を所有してきたように村人が所有する。村または町の大衆の、それ自身の文化の創造――ということへの芸術家の参加、そのための組織としての「わらび座」ということになるだろう。

それは、もちろん広くは商業的な大衆娯楽、狭くはいわゆる大衆演劇に、対抗する仕事である。一般に大衆には二面がある。第一に、弱く、受け身で、浅い面、第二に、強く、能動的で、深い面である。商業演劇は、観客を対象化し、徹底的に操作し、大衆の第一の面にのみ訴える。「わらび座」に原太郎さんが託した仕事は、大衆を操作することではなく、その自発性・能動性・積極性に働きかけて、第二の面、すなわち人々の心のいちばん深いところに訴えることである。「わらび座」の課題は大きい。

その課題は、目的の如何を問わず、カネのためにも、「正義」のためにさえも、あらゆる大衆操作と戦うことから、始まる。操作は、相手を受け身の立場におき、相手の弱くて浅い面を利用することである。すなわち相手側の人間の軽蔑を意味せざるをえないだろう。人間の軽蔑は、カネもうけに役立つ。しかし人間を軽蔑する「正義」というものは存在しない。――そういう考えに、原太郎さんは賛成していたのだろうか。賛成していたのだろうと私は思う。

追悼集刊行委員会編『追悼集　原太郎―人とその仕事』（民族歌舞団わらび座　追悼集刊行委員会、一九九一年一二月）

悲報来

そのとき私はスイスの湖畔の町チューリッヒに住んでいて、東京の知人から一九九三年七月二日田中慎次郎さんが九十二歳で亡くなったという報せを受け取った。

田中さんは十五年戦争の間に朝日新聞社の政治経済部長となり、一度社から退いて、戦後復帰し、出版局長となって、『朝日ジャーナル』を創刊した人である。一度社から退いたのは、戦時中もその自由主義的な立場を捨てなかったからであり、当時の軍国日本では社会主義者も自由主義者も十把ひとからげにして悪者とされていたからである。『朝日ジャーナル』を創刊したのは、自由主義の志を、知的ジャーナリズムをとおして、戦後の日本社会に生かそうとしたからにちがいない。

その基本的な立場と原則において、変ったのは日本社会で、田中慎次郎さんではなかった。田中さんの生涯の公的活動は、たとえば戦時中に東京帝国大学の経済学部を追われ、戦後の東大に総長として復帰した矢内原忠雄先生のそれを思わせる。

しかし新聞社と大学とはちがう。移り変る時代の風俗や事件や大衆感情に敏感でなければ、新聞記者の仕事は成りたたない。それにもかかわらず、ゆずらぬ価値の一線がなければ、その仕事は大勢順応主義の――大勢がどこへ向おうと――道具にすぎなくなるだろう。芭蕉は俳諧について「不易と流行」を説いた。「流行」は時と共に変るものであり、記者の日常の課題である。「不易」は時を超えて変らぬ原則であり、生涯の仕事に意味をあたえるものである。有能な記者は、「流行」を知り、偉大な記者は、「不易」を知る。田中慎次郎さんは、戦後日本の偉大な記者の一人であった。

それは日本だけのことではない。週刊の『朝日ジャーナル』をつくったときに、田中さんの念頭には、戦後キングスレ・マーティンが主宰した英国の週刊紙『ニュー・ステイツマン・アンド・ネイション』や、クロード・ブールデ編集長のフランスの週刊紙『ヌーヴェル・オプセルヴァトゥール』があったのかもしれない。いずれにしても、田中慎次郎の『朝日ジャーナル』は、そういう英仏の週刊誌と共に、戦後の知的ジャーナリズムが残した記念碑の一つとして記憶されるだろう。

定年で新聞社を退職した田中さんは、東京の家を引き払って信州の浅間山麓に移り住んだ。軽井沢閑居。そこには万巻の書があり、内外の新聞雑誌があり、数千枚に及ぶＬＰの収集があった、パレストゥリーナから武満徹まで。私は毎年の夏を信濃追分で過ごす度に、田中さんを軽井沢に訪ねて、四方山話を愉しんだ。

話題は、音楽から文学に及び、また常に折々の時事に触れて、尽きるところがなかった。しかし家庭向きのことや、他人の噂には係らない。書物や論文についての感想は、冷静で鋭く、温かいと同時に厳しかった。私はかつての偉大な記者・編集者が、今や閑居して偉大な読者になった、と感じていた。早く亡くなった河野與一先生についてそう感じたことがあるように。大抵の著者とはくらべものにならぬほどの知識と経験を備え、みずから書くことはなく、折にふれて読む、──そういう読者ほど著者にとっておそろしい読者はないだろう。私は熱海で、あるいはヴァンクーヴァーやヴィーンで、河野先生と話しながら何度もそういうことを感じたのである。

しかし読書三昧《ざんまい》は、レコードで音楽を聴くことや画集を眺めること、また最近ではヴィデオをとり寄せて映画を見ることまでも含めて、閑居の必要を説明するかもしれないが、必ずしも軽井沢を説明しない。それはどこに居てもできることである。田中さんは、その豊かな閑居の地に、なぜ軽井沢を選んだのだろうか。軽井沢が避暑客で賑《にぎわ》うのは、夏の一ヶ月ばかりのことにすぎない。その冬は厳しく、気温が氷点下何十度にまで下がることもある。一晩注意を怠れば、水道管は破れる。道は凍って日常の外出にも足もとが危い。生活のあきらかな不便にもかかわらず、人気のない軽井沢の何が田中さんを引き付けたのだろうか。

それは、季節によって、また朝晩の光によってちがう浅間の山肌の微妙な色合いだったろうか、あるいは早春のから松の林の煙るような緑や、葉の落ちた黒い小枝の網の目を透かして見上げる澄みわたった冬の青空だったろうか。それとも、初夏の林に鳴き交わす郭公の声、すすきの野をわたる風の肌触り、火山灰の上に落葉の散りしく小径や、素早いりすや夕陽のなかに舞う赤とんぼ……そういうもののすべてが、静かに、ひっそりと、かぎりなく強く田中さんを引き付けたのだろうか。

私たちは浅間山麓の高原の何を愛していたかを語ったことがない。それは語るまでもなく、自明のことだったからであろう。私は価値を共有する人に連帯感を覚える。愛着の対象を同じくする人に、——それが管弦楽の響きでも、から松の林でも、——ある深い親近感をもつ。

チューリッヒの湖畔で田中さんの死を知ったとき、私の想いは、はるかに遠く信州の空へ還った。そして八十年まえの七月、上諏訪の湖畔で師伊藤左千夫の訃報に接した斎藤茂吉の歌を想い出した。「悲報来」十首。そのとき茂吉は、夜半の道を近在の島木赤彦のもとへ走ったのである。

ひた走るわが道暗ししんしんと怺《こら》へかねたるわが道暗し

『朝日新聞』(「夕陽妄語」一九九三年七月一九日)

山本安英伝説

山本安英さんが本郷の自宅で亡くなったと聞いたとき、私は住みなれた世界の一部が俄に抜け落ちたように感じた。山本さんの居る世界と、山本さんの居ない世界とは、私にとって同じではない。

俳優としての山本さんは、木下順二作『夕鶴』の女主人公つうを、一九四九年の初演から通算一〇〇〇回を超えるまで、演じつづけた。『夕鶴』と山本安英は、切り離すことができない。一〇〇〇回以上の上演が可能だったのは、常にどこにでも観客が居たからである。常にどこにでも観客が居たのは、日本の民話の世界から浮び上ってきた「鶴女房」が、一人の女優の声と身体を通して、戦後日本の現実のなかへ入ってきたからである。その声は限りなく優しく（人間の女）、その身体は限りなく軽やかであった（鶴）。しかしそれだけではない。

山本安英の舞台の歴史は、両大戦間から戦後、今日までの「新劇」の、さらにはそれを超えてこの国の演劇の歴史の、要約である。彼女の最初の舞台は、一九二一年の小山内薫作『第一の世界』（帝国劇場）。一九二四年には、小山内と土方与志の築地小劇場が始まり、山本はそれに参加した。築地小劇場はいわゆる「新劇」の出発点である。その目的は、日本に「近代劇」――小山内たちはその典型を欧米の一九世紀後半から二〇世紀初めへかけての「リアリズム」演劇と考えていた――をつくりだすことであり、そのために日本の伝統演劇とは全く独立に、あらためて俳優を養成し、西洋の劇の翻訳台本のみを演じようとした。築地小劇場と新劇が、日本の作者による現代劇の舞台を、ある水準で達成したのは、三〇年代、殊にその後半になってからである。

山本安英もイプセン Ibsen やチェーホフ Chekhov やゴルキー Gorkii から始めて、一九三六年に山本有三作『女人哀詞』の唐人お吉に到達した。私は年少の頃、酒を呑んで啖呵をきるその唐人お吉に、はじめて新劇を発見したことを、想い出す。それは羽左衛門の助六の歯切れのよい啖呵とはちがって、犠牲にされた弱者の絶望的反抗の声であり、まさに人物の内面の表現であった。また『どん底』の舞台の西洋人になることに全力を集中していた俳優たちとはちがって、個性的な一人の女の確かな存在感が惻々として人に迫るものでもあった。そこには私がそれまで知らなかった新しい芝居があった。

その後に久保栄の『火山灰地』や久板栄二郎の『北東の風』が続くのである。三〇年代の末に軍国日本の権力が数十人の俳優を逮捕し、築地小劇場の二つの劇団（新築地劇団と新協劇団）を解散させるまで。

伝統的な古典劇、能や狂言や歌舞伎との関係は、どういうものであったか。両大戦間の新劇には、どういう関係もなかった。古典劇の俳優には鍛えられた発声法がある。新劇の俳優には、それぞれの個人の工夫は別として、制度化された発声法の訓練はなかった。小声になれば、科白が通らず、絶叫すれば発音不明瞭のために、熱演ぶりはわかるが何をいっているのかはわからない。ということは、今日もしばしばある。戦後の新劇の大きな課題は、いかにして舞台の日本語をつくりだすか、ということであったろう。

太平洋戦争の間舞台に立つことのなかった山本さんは、若い俳優の訓練に専心していた。敗戦後は劇作家木下順二と共に、木下作戯曲を次々に上演し、さらに毎月の「ことばの勉強会」を主宰して、古典劇の俳優との接触を深めながら、日本語本文の舞台における朗唱の可能性を探求するようになる。その二つの仕事は相互に影響しながら発展し、遂に一九七九年、『平家物語』を素材とした木下作『子午線の祀り』において綜合された。そこでは、能・狂言・歌舞伎・新劇から出た演出家と俳優が協力して一つの舞台をつくったのである。山本さんの役は、劇の主人公平知盛の分身ともいうべき神秘的な巫女影身。そこに到るまで俳優山本安英の通ってきた道は、戦後日本の新劇が「ことば」を獲得していった過程にほかならず、さらには伝統演劇との関係を創造的に樹立していった過程にほかならない。新劇の到達点は、また同時に、もはや新劇のではなく、戦後日本の演劇の到達点でもあった。

人としての山本安英は、どういう人物であったか。私はここで私事にはたち入らない。ただ日本の現代史の有為転変を通じて、「大正デモクラシー」の二〇年代、一五年戦争と軍国主義、活気に満ちていた戦後の一時期、「逆コース」と「所得倍増」と消費社会の時代を生き通した一人の女の、社会と権力に対する一貫した態度を、ここで想起しておきたい。一貫した態度を保つためには、もちろん、しばしば戦いを必要とし、不屈の信念と勇気を――彼女はみずからそれについて語らなかったが――必要とする。いかなる代償を支払っても、常に人間的感情に忠実に生きようとした人物が、大勢順応主義の決して弱くはないこの社会に生きていた、ということを、山本安英の生涯こそは証言しているのである。

『夕鶴』の幕切れに、鶴は遠い空へ飛び去る。子供たちは空を見上げて、「あっ、鶴が飛んでゆく」と叫ぶ。そのときから子供たちにとって、鶴は一生忘れることのない伝説になるだろう。今山本安英さんがわれわれから飛び去ったときわれわれにとっての、山本安英伝説は始まるだろう。権力に抵抗する日本の人民の歴史にとっての、日本演劇史にとっての、またときには断乎としたあの声と共に、ときには軽やかな、ときには動かすべからざる存在感に満ちたあの姿と共に。私は山本安英伝説が時の経つと共にその密度を増し、その影響力を強めてゆくだろうと思う。

『朝日新聞』（「夕陽妄語」一九九三年一一月一八日）

戦後史のなかの丸山真男……

戦後五〇年が経って、『丸山真男集』（岩波書店）が続刊され、その完結を待たずに著者が亡くなった。私が訃報を聞いたのは、夏の信州の林のなかにおいてである。思えばそこでも私は何度か丸山さんに会った。失った友人の私的な追憶は尽きるところがない。しかし今ここに誌すのは、そのことではない。

私は『丸山真男集』を読み返しながら、その内容の実に多岐にわたる拡がりと、すべてが一点へ向う問題意識の集中性について、考えている。あるいは思考の対象の拡がりと、方法の統一との関係について、といってもよいかもしれない。拡がりにもかかわらず集中するのではなくて、高度の集中性の故の拡がりという思考の構造。その集中の中心は、通時的および共時的な日本社会の全体の本質的な性格ということになろう。

簡単にいえば——他日簡単ではなく記述したいとは思うが、今はやむを得ず極端な単純化を敢えてすれば、徳川時代の儒学の発展に内在する可能性を荻生徂徠に、明治初期の思想が含む可能性を福沢諭吉に見て、その可能性＝「近代的」主体の成立の可能性との対比において、儒者のイデオロギー集団（闇斎学派）の機能、または明治以降ついに狂信的超国家主義に至るところの近代日本の思想史を検討し、その検討の過程に外来思想の「日本化」の方向があきらかにあらわれてくるのをみる。その方向は執拗に一定しているから——そのことに私は賛成する——、そこには日本社会の側から働く特定方向の力が想定されるだろう。その力の主体を丸山は「古層」または「basso ostinato（執拗低音）」とよび、「古層」の性質をつきとめるために歴史をさかのぼって、操作に好都合な資料としての日本の神話の分析に至る。

外来思想の挑戦（challenge）に対する日本思想ないし文化の反応（response）の構造は、音楽的比喩を用いる代わりに、簡単なヴェクトル合成の幾何学的比喩を用いることもできる、と私は考える。外来思想以前の、またはそれから独立した「なにものか」（「原型・古層・執拗低音」）は、直接に知ることができない。それを未知のヴェクトルとする。外来思想のヴェクトルと、未知のヴェクトルとから合成されたいわゆる「日本化」された外来思想のヴェクトルは知ることができる。文献によって知ることのできるその二つのヴェクトルがあたえられれば、未知のヴェクトルの作図は容易である。すなわち問題の「なにものか」——それをどう名づけようとも——力の大きさと方向が定まる。

要するに丸山真男の学問的な仕事は、つまるところ日本の思想・思考の習慣・世界観の特徴（個性）とは何かという問題を中心として展開した。その構造的な見取り図——時間的な発展ではない——の概略は、およそ以上の如くである。

戦後五〇年の歴史的な発展という観点からみれば、学問の水準ではなく経験の水準において、敗戦と占領を「第二の開国」と受けとった経験が決定的であろう。言論の自由と外国文献の流入。一九四五年以前にそれはなかった。津田左右吉の起訴にも象徴されるように、日本史の学問的な、——すなわち批判的客観的な研究は、ほとんど不可能であった。真珠湾以後には、国外の学問的文献を見ることができず、学問的または知的格差は国の内外で拡大していた。「第二の開国」は同時に日本ファッシズム——その定義には立ち入らないとして——からの「解放」を意味する。未来への出発というほとんど感覚的な経験がそこにあり、それは当時広く共有されていた。

未来へ向って出発するためには、過去に対して誰もが立場をはっきりさせなければならない。対外的な一五年戦争とは何であったか。その国内的な条件、日本ファッシズムとは何であったか。そのとき丸山真男の書いたのが、「超国家主義の論理と心理」である。その反響が大きかったのは、それが単に個人的な経験の報告ではなく、また単に超国家主義の経済的条件の分析ではなく、誰もが経験したおどろくべき狂信的な言説の客観的な観察と合理的な分析であったからである。観察の客観性と分析の合理性は、いうまでもなく、対象の理解の条件である。「超国家主義の論理と心理」は、思想の領域において、日本ファッシズムの内側からの最初の意識化であり、最初の自己理解であり、戦後日本の知的な第一歩であった。その意味で戦後日本は丸山真男からはじまったのである。

丸山に典型的とされるいわゆる「近代合理主義」は、戦後五〇年の初期には「左」から、後期には「右」から批判されてきた。しかし一般的にいえば、批判者に共通な傾向は、一方では「近代合理主義」を「西洋」に結びつける考え方であり、他方では「合理主義」の明瞭な定義を欠くことである。丸山の立場を「西洋的」とするのは、思想の発生した地域とそれが妥当する範囲とを混同した結果にすぎない。この種の混同がくり返されるのは、人文科学者や社会科学者に固有の現象で――それにはそれなりの理由もあるが――、自然科学者にはない。たとえば京都を愛した湯川秀樹は、量子力学がコペンハーゲンで発生したか京都で発生したかということを、格別心配してはいなかった。

「合理主義」を認識論的に理解すれば、経験主義に対立する。丸山真男自身は認識論には立ち入らなかったが、強いていえば、その学問の方法は経験主義的であって合理主義的ではない。「合理主義」を論理学的に解釈すれば、推論の形式の合理性ということになろう。それならば、「合理主義」は学問の前提であって、むろん「近代」の特徴ではなく（アリストテレス論理学）、非「合理主義」的な学問というものはない。世にいわゆる反「合理主義」なるものは、要するに

「理くつっぽいことは嫌いだ」という程度の気分的流行にすぎないだろう。

興味深いのは、「左」からの批判が「右」からの批判に移ったということである。それは丸山真男の政治的立場が変ったからではなく、五〇年間に日本の政治的雰囲気がとめどもなく右傾（または保守化）したからである。そこには何が欠けていたか、いや、今もなお欠けているか。近代的個人、主体的な個人において内面化された合理的思考ではなかろうか。

『朝日新聞』（「夕陽妄語」一九九六年九月一九日）

中村真一郎あれこれ

中村真一郎は第一次世界大戦の終わった一九一八年に生まれ、若くして両親を失い、孤独な病身を養って、多く読み、多く書き、一九九七年の降誕祭の夜熱海の小さな病院で死んだ。私は今その伝記を作らない。しかし彼との交友は半世紀以上に及んだので、想い出すことが多い。

中村は変わらなかった。時代は大いに変わり、それと共に日本の知識人の多くはその態度や意見を変えた。大地震と恐慌と「大正民主主義」の時代があり、その次に一五年戦争と狂信的軍国主義、その次に占領と「戦後民主主義」、その次に大衆消費社会とソ連崩壊の時代が来たのである。それでも彼が一貫してその立場を変えなかったということに、私は今さらのようにおどろく。彼が自覚的に採った立場は強く深くその人格と結びついていた。

中村はいかなる組織にも、きわめて短い時期の例外はあるが、決して属そうとしなかった。またいかなる種類の権力にも媚びることがなかった。常に売文を業として生計を立て、カネもなく、地位もなく、しかし世の中の何事をも批判する内心の自由を失わず、自ら娯しむところを娯しんで、生涯を送った。

彼は何を娯しんだのか。古今東西の文学をである。けだし東西の文芸に通じる人は世に少なくない。しかしその人々が必ずしも古今に通じているとはかぎらない。一国の文芸の古今に往来する者は、また必ずしも東西の文芸を比較して娯しむ者ではない。古今東西の文芸（殊に詩や小説）を広く渉猟して、単に博識ではなく、その歴史的展望に独自の見識をもつこと中村真一郎の如き人物を、——おそらく河野与一先生を唯一の例外として——私は他に知らない。

談ひと度文学作品に及べば、中村の言葉は明晰で、理解はきめ細かく、語り口には話し手の娯しみが自ずから聴き手に伝って来るような趣があった。私はそこで多くを学び、多くの知的刺戟を受けた。英語にはconversationalistという言葉がある。会話の名手とでもいうべきか。

中村は、青年のときから、古今東西の文学作品がつくる文学的空間のなかに生きていた。その空間は言葉から成り、想像力によって構成された自律的秩序をもち、歴史的に発展する。現実の人生の空間が、身体＝心理的な人間から成り、それ自身に固有の秩序をもち、歴史的社会のなかで展開するのとは、根本的にちがう。

一般的にいえば、その想像上の世界が現実の世界を模倣することがある（「芸術が自然を模倣する」）。また逆に、想像上の世界が現実の世界に影響し、人生を条件づけることもある（「自然が芸術を模倣する」)。中村の場合には、その二つの世界の関係が、密接で相互の影響が著しく、その間を往復する運動が日常的になっていたのだろう。小説上の問題を解決するのに、現実に出会った人物(「モデル」)の性質を援用することがあったにちがいないし、現実の人物を解釈するのに、文学作品の主人公を想い出すことも多かったにちがいない。

そこで二つの事がおこった。その一つは、欧州の二〇世紀文学からの「前衛」の概念の導入であり、もう一つは、想像上の「サロン」、または文人墨客の共同体への、独特の関心である。芸術的・文学的「前衛」は、昨日の伝統を否定して明日の伝統を創ろうとする。文芸の商業化とは鋭く対立する面がある。たとえばマルセル・デュシャンやブルトンからジャクソン・ポロックやラウシェンバーグまで。伝統の創造的な破壊は、伝統の強いところにしかおこらない。文芸を歴史的展望のなかで眺め、文学的伝統を強く意識していた中村は、二〇世紀の、すなわち彼自身の時代の、文学者の役割を「前衛」のそれと同一視したのである。何らかの新しい形式、技法、ものの見方を、文学史に寄与するのでなければ、文学者とはいえない。たとえばモームよりもヴァージニア・ウルフ、ウルフよりもジョイス。

無類の読書家であった中村は、それにも拘らずではなく、それ故に、「前衛」的であろうとする意志において、執拗に、頑固に、見事に、一貫していた。早くは脚韻定型詩の試み。晩くは緻密に構成された小説と情緒性を排して乾いた文体。たとえば『四季』『夏』『秋』『冬』の四部作が典型的である。そこでは神経症の主人公の外面の世界——それは主観に超越する——との交渉ではなく、その意識の内面の世界の出来事が、——それは常に想像力が変形した外部を背景としておこる——、過去と現在の重層的な時間を通して語られている。この技法は、もちろん彼だけのものではない。しかし西洋の前世紀の小説とそれを模範として書かれた近代日本の小説にはなかったものである。

文学的空間に住んでいた中村は、その想像上の世界を現実の世界へどう結びつけていたか。彼にとっては、二つの世界の理想的な橋わたしが、文学者や芸術家や知識人たちの集まりであった。その制度化された集まりの原型は、一八世紀欧州の「サロン」である。女主人の主宰する「サロン」は社交的な場所であると同時に、男女関係の心理劇が演じられる場所でもあり、先端的な知識（自然科学的知識さえも！）と芸術的感興が交換される場所でもあった。一九世紀には、同時代の文化におけるその中心的役割が失われる。しかしその制度は残る。今世紀の前半プルーストの小説の世界の大きな部分は、「サロン」の文化を背景としていた。『源氏物語』の世界も、外部と遮断された宮廷社会の内部で進行し、美的感受性の極端な洗練を伴い、男女関係の微妙なかけ引きを中心として展開するという点で、『失われし時をもとめて』の世界に似ていなくもない。中村の強い関心がプルーストと平安朝の物語に向かったのは、偶然ではないだろう。現に彼が後者を論じた文章は、多くの示唆を含む見事なものである。

しかしフランスは遠く、平安朝も遠かった。時間的にも、空間的にも、もっと身近にあるのは、徳川時代の日本である。故に晩年の中村真一郎は、頼山陽や蠣崎波響や木村蒹葭堂を中心として、その周辺を描いた。周辺とは何か。同時代の文人墨客の交友関係であり、幕藩体制下の知的共同体であり、日本の一八世紀から一九世紀前へかけての salon imaginaire に他ならない。

かくして戦後日本文学の「前衛」は原則に従って生き、原則に従って書いた。それは尊敬に値することである。その孤独な生涯と仕事の意味は、すなわちわれわれが今何を失ったのかということは、棺を蓋うて後ただちに定まるのではなく、やがて長い間に明らかになってゆくことだろう、と思う。

『朝日新聞』(「夕陽妄語」一九九八年一月二一日)

最後の日

中村真一郎は一九一八年に生れ、一九九七年一二月二五日に熱海で死んだ。私はその最後の日を彼と共に過したので、その事の次第をここに記録しておきたい。

中村と私とのつき合いは、双方が旧制の第一高等学校の学生であった頃にさかのぼる。爾来六〇年、会って話すことは、ある時には繁く、ある時には疎であったが、交際のかつて絶えたことはない。九七年の暮れもおしつまった頃、彼から東京の拙宅へ電話があり、私には数日の間熱海で仕事をする予定があったので、熱海のどこかの店で食事をしながらゆっくり話そう、という約束をした。

私は一二月二一日に熱海へ行った。二四日には中村夫妻が東京から熱海の住居へ戻った。二五日の一二時少し過ぎた頃、同じ二四日に熱海へ来ていた矢島翠を伴って、私は中村夫妻の住居へ行き、同じ車で市内の料理店へ向った。そこへ着いたのは一二時半頃であったろう。中村は何の困難もなく先に立って二階へ階段を昇った。

彼はよく食べ、よく喋った。仕事を離れて久しぶりに旧友に会う機会が、われわれをくつろがせ、きげんよくさせていたにちがいない。「鬱」の状態の彼は人に会いながら一言も喋らないことがあり、「躁」の時にはあることないこと止めどもなく喋りつづけることがある。そのどちらでもない常態の彼の会話は、明晰で、機智に富み、正確な観察と豊富な知識にあふれていた。その日私は会話の名手であった中村真一郎を、その最良の状態において、見出した。食べものについて、共通の知人の消息について、いくらかはお互いの仕事のし方やその内容について、しかし健康や病については何も話さなかった。私は少し飲んだが、中村は全くアルコール飲料をとらず、常用していたニトログリセリンを用いることもなかった。最良の状態にあったのは、心理的な面ばかりでなく、身体的な面でもあるように見えた。

帰りの車のなかでも会話は活潑に続いていて、彼の住居の入口でわれわれが別れたのは、午後四時頃であったろう。そこから私の仕事場までは近い。そこで、七時一〇分頃に、私は「中村が危篤」という中村夫人佐岐の病院からの電話の報らせを聞いた。会ったばかりの彼と別れてわずか三時間余りのことである。私は「危篤」という言葉をほとんど信じることができなかった。

とるものもとりあえず、夜の熱海の街を車で走り抜け、私が病院へ着いたのは、七時四〇分頃である。中村の意識はすでに無く、血圧は三〇に及ばず、心拍は弱く不規則で、恢復の兆しはなかった。たしかに「危篤」であり、担当の医師はもはや打つテがないと言った。佐岐さんは万一の奇蹟に望みを託していたが、私は心電図を見つめながら、医師の判断を受け入れざるをえなかった。

一一時一〇分頃、中村の心臓は止まった。医師は人工呼吸の装置を外して頭を下げた。そこにいたのは、佐岐さんの他に、東京から駈けつけ辛じて間に合ったその妹、伊東に住んでいた知人夫妻、矢島翠と私である。

それ以後の事は、すべて死後の話になる。死因は急性の心不全であったが、それが何故起ったかはわからない。狭心症様の発作は以前から何度もくり返されていた。しかし心筋障害は証明されていなかった。救急車で病院へはこばれた時の血糖値には異常がない。脳内の事件を想像させる麻痺その他の症状もなかった。白血球の増加はあったが、何らかの炎症がそれほど急激な心不全の原因とは考え難い。胸部の写真は、肺に石灰化した古い患部の跡を示すのみ。急変の理由は説明できない、というのが、担当の医者の意見でもあった。

翌日私はひとり茫然として、海を眺めていた。松の枝の向うに拡る海も、沖の初島も、大島へ通う船の航跡も、何度か見慣れたものであったが、あたかも初めて見る景色のように、その時の私には見えた。中村のいない世界は、私にとって、彼がいた時の世界と同じではなかった。

キリスト教国では一二月二五日が降誕祭である。中村が死んだ日は、彼の生涯の仕事の意味があらためて生れた日ではなかろうか。一二月二五日の死は、単なる偶然ではなく、終りが同時に始りであることの象徴ではなかろうか。中村真一郎は漫然と生きていたのではなく、ある種の原則に従って生きていた。生きられた原則には、それがどういう原則であっても、死を超える面があるだろう。——海を眺めながら、私の脳裡には、そういうとりとめもない考えが、頻りに去来してやまなかった。

『群像』（「追悼　中村真一郎」）（講談社、一九九八年三月）

ある友人のために

今年の初夏に少年の頃からの友人が病で亡くなっていた、ということを、一ヵ月以上も経って偶然の機会に、私は人伝てに聞いた。私と親しかったことを、彼は身辺の誰にも話していなかったのであろう。彼自身が急死すれば、――それは急死というのに近かったろうと思う――、私に報せることはできないはずであった。私はそのことを聞くと、俄に全身から力が抜けるように感じ、抵抗し難い一種の疲労感にとらわれた。

彼を知る人の範囲はきわめて限られていた。今私は彼について私の知るいくらかの事を書きとめておきたい。それには私情の抑え難いということもある。しかしそれだけではなく、二〇世紀の日本国の片隅で、彼こそは首尾一貫した、原則に徹した、輪郭の実に明瞭な、一つの生き方を、われわれに示したと考えるからである。

彼は若くして妻を失い――そのことについてはかつて詳しく聞いたことがない――ながく独り

暮しをつづけていた。出版社に勤めて、理化学系統の学術書の編集に携わり、定年に至るまでその仕事を続けていたから、世を捨てて隠れるということではなかった。しかし仕事を通してその交際の範囲を拡げようとはしなかったらしい。また親類縁者との交わりもおそらく必要最小限度に止めていたようである。少数の友人との会話は愉しんだが、たまたま同席した初めて会う人々に対しては、口数も少なく、きわめて控えめであった。自己顕示欲が全くなく、むしろ逆に「自己かくし」という言葉はないが英語にいわゆる shyness の傾向があったように思う。それは一体どこから来たのだろうか。おそらくは話して誤解されることを、しばしば正当にも、時には不当にも、おそれていたのかもしれない。

他人との交際を強いて求めなかったばかりでなく、彼はまた他人への影響力を、すなわち広義の権力を、求めたこともない。権力と地位は分かち難いから、職場においても、その外においても、彼自身の地位の向上をめざさなかったのである。その代わりに願っていたのは、独りの自由な時間をできるだけ長くするということであったろう。その願いは、彼において一貫した原則であり、人生の方針であって、社会的階段をかけ昇るためのあらゆる活動と正反対のものである。

「モーツァルトの音楽を好まぬ人間とは一日でも同居する気がしない」といったこともある。彼は独り暮しに慣れ、独り暮しを愉しみ、そこで彼自身の生活と思想の自由に徹底しようとしていた。それは何からの自由であったか。たしかに幸運ということもあった。長い生涯を通じて病から自由であったのは、幸運にちがいないし、いくらかの家産を襲いで贅沢でない生活を支えるのに経済的困難のなかったことも、幸運にちがいなかろう。しかし煩雑な人間関係から、あらゆる種類の組織から、またいかなる教義やイデオロギーからも、自由であったのは、その自由を得るために支払うべき代価を十分に意識した上で、彼自身が決断した結果である。

そうして彼は独り暮しの住居からしばしば独り旅へ出かけた。国内でも、国外でも。殊に国外の旅は、旅人から重要な権利――たとえば政治的権利を奪うと同時に、旅人を多くの義務や束縛から解放する。みずから選挙権をもたない国の政府の行動に責任を感じる必要はない。旅人は行く先の社会に働きかけることができないと同時に、その社会から束縛されることもない。彼は東京においてすでに可能なかぎり自由な個人であった。パリやローマでは、さらに自由な純粋観察者になるだろう。

私は東京の彼の家で壁に貼ってあった日本地図をみたことがある。その地図の上では彼が一度通ったことのあるすべての道が赤く塗られていた。日本全国がほとんど隈なく塗りつぶされていて、わずかに東北の小さな一画だけが白かった。「そのうちここへ行ってみたい」と彼はいった。その頃彼は自家用の小さな車で、国中の平安仏を見て廻っていたのだ。

彼の旅は、地図と必要な参考文献を用いて、合理的に計画されていた。交通手段が、旅の目的に応じ、もっとも合理的に、航空機や鉄道や、自家用車や行く先での「レンタ・カー」が組み合わされていた。そればかりではなく、彼の合理的計算は自動車の種類の選択や運転のし方にまでも及んでいた。行く先々で記録のために写真を撮るには、その機材を運ぶのに自動車が便利である。しかし、彼自身とその荷物を運ぶために大きな車は、必要でない。なぜ追い抜けそうなときにも追い抜こうとしないのか。「追い抜きをくり返すことで到着時間が早くなるのは、わずか数十分のことにすぎない。追い抜くのは注意力のむだ遣いである」——私は私の友人のなかで、一人の米国人を除けば、車に対して彼ほど合理的な態度をとった人間を他に知らない。

しかし彼の合理的な態度と議論は、交通手段に関してだけ徹底していたのではない。それが実際的な行動のほとんどすべての領域に及んでいた。またさらに進んで、生死の問題や、宗教的領域にさえも、彼は合理性を判断の唯一の基準としていたようである。個人はもとより、人類の歴史も、宇宙の全体からみれば、極小の空間内での瞬間にも等しい短い間の偶発事にすぎない。「永遠の生命とか魂とかいう話は全く無意味だ」と彼はいっていた。これはもちろん大多数の科学者たちの常識であろう。「しかし何人かの科学者たちはキリスト教徒であったり、おそらくイスラム教徒でもあるだろう」と私はいった。「彼らを理解することはできない」と彼は言下に応じた。科学的宇宙観と宗教的世界観を、二つの別の領域のこととする立場を彼はとらなかった。

しかし科学的な、——実証的であると同時に合理的な、認識の領域と、美学的、または芸術的領域とを、区別していた。彼は音楽を愛し、文学、たとえば泉鏡花を愛していた。また日本国中の平安仏を見た後では、およそ同時代のヨーロッパ各地のロマネスク建築と彫刻に傾倒していた。ただひとり、「レンタ・カー」で、ヨーロッパの山間僻地まで彼が旅をつづけたのは、「ロマネスク」への情熱のためである。彼はそこで何を見たのだろうか。形となった歴史、形となった感覚的よろこび、つまるところ形となった人生の最良の部分を見出していたのではなかろうか。そこには彼にとってのすべてがあったのかもしれない。

今年の春、彼は新たに得た西伊豆の別宅に私を誘ってくれた。われわれは秋になったらそこで相模湾を眺め、うまい魚をたべながら——彼は美食家でもあった——「ロマネスク」の話をする約束をした。しかし秋が来るまえに、彼はもういなかった。

『朝日新聞』(「夕陽妄語」一九九八年九月二一日)

「堀田善衞　別れの会」挨拶……………………

　私は、まず引用から始めたいと思うんですが、その引用文は非常に短い文です。「一九四五年三月二十九日から一九四六年十二月二十日まで、一年九ヶ月ほどの上海での生活は、私の、特に戦後の生活そのものに決定的なものをもたらしてしまった」というのですね。

　これは『上海にて』という文章の前書きに出てきます。『上海にて』という文章は、一九五九年六月に書かれたものですが、これは（堀田善衞）全集の九巻の一二〇頁なんですけれども、中国を彼が再訪したのは一九五七年の秋。ですから、中国を再訪してからちょっと時間をおいて、二年ぐらい経っているわけです。

　「戦後の生活そのものに決定的なものをもたらした」と堀田自身が言っていますから、これは非常に重大なことだと思うんですけれども、この一九四五年三月から一九四六年一二月までというのは、その途中に一九四五年八月がありますから、彼の上海での生活の初めの部分は、戦争晩期ですね。日本の敗戦の直前ということになります。

それから、日本の降伏があって、そのあとまた中国、上海にしばらく残るということになるんですが、初めになぜ、どういう機会に上海へ行ったかというと、四五年三月に、その頃、国際文化振興会というあまり国際的じゃない機関がありまして、その機関からの派遣という形で上海へ出向いたわけです。その途中で敗戦ということになって、しばらくして、中国国民党の宣伝部で嘱託員みたいなことでちょっと働いて、それから日本へ帰ってくる、こういうことだと思います。

敗戦の経験というのはいろいろなところで経験して、それぞれ非常に大きな意味を、戦後の日本の作家はもったと思うんですが、戦争と大動乱の時代で、日本のなかでももちろん、四五年八月前と後で急激な変化がありますけれども、上海でも、非常に強い変化がある。その変化の性質は、ちょっと性質がちがうと思いますね。上海の場合には、戦前は日本の占領軍が強く抑えていましたけれども、敗戦になると、中国全体でもそうですが、殊に上海ではいろいろな人たちが入ってくるんです。国境では、内戦の始りみたいなものがすでに起っていて、それから米国も入ってきますし、ソ聯からも入ってきますし、もちろん日本の警察のスパイも入っているわけですから、四五年八月前と後では、そういうことが突然変るということです。

そしてその経験は、彼に大きなものをもたらした。

彼の仕事のその後のものを見ますと、大きな仕事はみんな大体、騒乱の時代が背景にある。一番最初の『広場の孤独』というのは朝鮮戦争のときの話ですし、これは、舞台は東京ですが。あと、最後までの大きな仕事である『ゴヤ』にしても、モンテーニュ Montaigne の話にしても、一六世紀のフランス。それから、一七世紀のラ・ロシュフーコー La Rochefoucauld の話でも、みんな戦争の時代、騒乱の時代なんですね。

日本の材料を使っての話は、大きなものは『方丈記私記』と定家の『明月記』ですが、鴨長明と定家は大体同じ頃の人ですから、やはり動乱の時代ですね、平安朝の崩壊と鎌倉初期を背景にしているわけで。

彼には上海の体験というものが、一生を通じであった。戦争、騒乱、対立の激しい時代に、生と死が日常的問題だったということだと思います。

敗戦の経験は、大部分の作家にとっては、戦地であったり、あるいは東京、日本であったりすると思いますが、上海というのは非常に特殊なところだと思うんです。上海には三つの要素があって、一つは、もちろん中国です。おそらくその当時も、それから現在も、人口からいえば中国最大の都会です。だから、上海はもちろん中国文化と、あらゆる種類の中国人の集中している場所だったということであると思います。

それが第一の要素で、第二の要素は、もちろんちょっと遡れば、日本の文化はほとんど中国と関係して発展してきたものです。ですから、われわれの内面に中国の文化はあるわけですね。いわば内面化された中国文化というものがあって、それを自覚することは、日本の文化を対照化して見ることになる、あるいは、ほとんど相対化と言ってもいいかもしれませんが。上海はそういうきっかけになったと思います。

（私の前に話された）小田（実）さんがさっき強調されたように、堀田は英語という言語を媒介としている。普遍的なもの、国際語であるということを介在させることで、中国にしても日本にしても、それを世界のなかで、ある意味で相対化して、対照化して見る、あるいは一定の距離をもって見るということですね。そういうことが第二の要素、上海の典型的な要素だと思う。

三番目は、上海という町は、中国の、世界への窓みたいな役割をしていた。それは戦前にすでにそうですし、現在もそうです、戦後も。窓がどういう風に機能するかということは時によってちがうけれども、しかし、いつでも上海は最大の中国の外へ向っての窓です。そして、もっと言えば、中国だけじゃなくて、アジアの外へ向っての、少くとも東北アジアの世界へ向っての、一番大きな窓口だったと思います。たとえば、東京とくらべた場合、上海と東京とは随分ちがうんですね。今でも上海の方が外へ向って開いているという面が大きくあると思います。

そして、そこには西洋があった。西洋に向っても開いている。そして西洋の方は、初めは租界ですから、もちろん植民地帝国主義の西洋ですけれども、同時にそれは、近代というか、モダニティーの象徴でもあったと思います。ですから、アジア全体で一番現代世界に、よくも悪くも係っている場所でもあった。

そういう三つの要素、中国と日本国の、相対化された日本国、対照化された日本国と、それから西洋ということだと。

彼のその後の仕事には、今言った上海が決定的に、たしかに決定的なものをもたらしていると思う。

アジア・アフリカ作家会議で、彼は非常に長い間活動しました。そして、旅をしていろいろなところへ行った。インディアから始って、中央アジアにも行きました、ソ聯領の中央アジア。それからカイロ、ウガンダ。アジア、アフリカのほとんどすべてのところへ、アジア・アフリカ作家会議で旅行したんですね。旅行は、あるときにはほとんど毎年であったし、ある場合には、一年のうち何回も。

そういうことで、アジア・アフリカ作家会議に、彼は非常に強くコミットしたということです。それは、上海の経験と密接に結びついていると思います。

もう一つは、さっき言った、日本を対照化して見るということから、日本の文化の反省の方に向っていった。『方丈記私記』がそうですし、それから『明月記私抄』がそうだと思います。動乱期の日本の問題ということになる。

それから、西洋はもちろん最後まで続いたんです。晩年になるほど、むしろ西洋に対する関心は強くなったかもしれない。一〇年間ぐらいスペインと、ヨーロッパのほかのところに住んでいたんです。その結果『ゴヤ』を書いて、それからモンテーニュ、それからラ・ロシュフーコー──西洋に対する関心から、非常に大きな作品を書いたんだと思います。

彼は「上海での生活は、戦後の生活に決定的なものをもたらした」と書いた。戦後の作品とは言っていないですね。もちろん、仕事は作品と分ち難いけれど、仕事という言葉を使わないでわざわざ生活という言葉を使っているわけなんですが、「戦後の生活に」という「戦後の生活」というのは、彼の場合には、生活と作品が非常に近かったと思います、どういう意味でも。それはすべての作家に共通じゃなくて、ある作家の場合には非常に離れているし、ある作家の場合には距離が近いと思うんです。

堀田の場合には、私小説で近いという意味じゃなくて、彼が送った生活が、私的な生活だけじゃなくて、非常に公的部分を含んでいる、アジア・アフリカ作家会議みたいに。その生活と、それから彼の書いたものとの間の距離は、非常に近いと思うんです。だから、藝術のための藝術じゃない。

あるいは、堀田善衞という作家は、文筆家、著作家としては、ラール・プール・ラール（l'art

pour l'art 藝術のための藝術）という考え方に対するアンチテーゼだと思うんです。堀田がいたということは、戦後文学の全体のなかで、一番強く線をはっきり出したんだと思うんです。ラール・プール・ラールじゃない、ラール・プール・ラ・ヴィー（l'art pour la vie 生活のための藝術）。ということは、生活のなかにいろいろなことが起ってくるから、それを言うことが第一義的な問題であって、そしてそのためにどういう手段でも使える手段を全部使うということ、あるいはそのときに一番便利なものを使うでしょうし、ある場合には、時間がなければ早く言う方法をとったかもしれません。

いずれにしても、彼はいろいろな形で書いたと思います。小説も大分書きました。『広場の孤独』から始ってたくさんの小説も書いたけれども、しかしあとの方に、さっき申し上げたように、モンテーニュの話にしても、ゴヤの話でも、小説的、一種の伝記で、ちょっと小説とはちがうと思うんです。

それから最後まで書いていた『空の空なるもの』という短い文章、これは私は、文章が短いから大事でない作品だとは思わないです。それはそれで、彼にとっても、外から見ても非常に重要な作品だと思いますけれども、一見形としてはジャーナリスティックな短文でしょう。こんなふうに彼は、あらゆる形を使ったと思うんです。その表現形式が非常に多岐にわたっているのはそこから出てくると思うんですが、内容が非常に国際的というか、開かれた世界から見た中国の問題、アジアの問題、あるいは西洋の問題。よって、日本の問題になっていると思います。そして、大抵重要な問題について喋ったんですね。

日本について言えば、日本の天皇制の問題です。天皇制の問題は一種の試金石であって、日本の社会と歴史にとって、天皇制は非常に大きな問題です。大事な問題を避けて通るか、その核心に迫るか。核心に迫れば、天皇制の問題が出て来るんですね。戦争との関聯でも、あるいは戦争だけではなくて。堀田の場合には、見事に一貫していたと思います。『広場の孤独』からそうです。そして、最後の『空の空なるもの』に到ってもそう。その間に必ず一貫性がある。天皇制だけじゃないです。本質的な問題について喋った。そして、それには一貫性があった。形式の多様性と、主題のある意味での非常な一貫性というのがとおっていたと思います。

「決定的なるものをもたらした」のだから、決定的なるものは何かということになると思いますが、それは今申し上げたようなことです。

戦争とか騒乱、そういう世界を彼は複雑に見ていたと思うんです。複雑な世界を複雑なものとして見た。単純化しようとしなかった。

そしてそれを観察するときに、必ず視点を転換したと思うんです。ある立場から見て、それからまた別の立場から同じ問題を見る。『広場の孤独』がそうです。朝鮮戦争で、ほとんどすべての作家、ほとんどすべてのジャーナリズムが、占領下の日本ですから、当然米国側から朝鮮戦争を見たでしょう。

しかし、彼は『広場の孤独』では、北側から見たらどう見えるかということも見ているんです。だから、必ずしも北側からの見方をとったわけじゃないけれども、どちらにもとっていないけれども、両方から見るということ、そしてそのなかで朝鮮戦争問題を考える。そういう考え方は、ずっと一貫してあったわけなんです。

やはり初期の『時間』という小説のなかでは南京虐殺が出てきますけれども、主人公が中国人ですから、やはり立場を中国人の側から見たら、南京は何かということですね。南京陥落は、当時の日本では旗行列ですね。そして、中国人の側から見たら、もちろん旗行列じゃない面があるわけでしょう。だから、両方から見るということが最後まで続いていたと思います。

どうしてモンテーニュか、どうしてラ・ロシュフーコーかということになれば、モンテーニュは一六世紀の宗教戦争の時代の人でしょう。だから、それもカトリックの側か、プロテスタントの側かどちらかという、殺し合いの問題ですね。だけどそれを離れて、ある距離を置いて両方からそれを見るという、それが彼の方法だったと思うんです。それがまた、複雑な世界をそのものとして認めるということだと思うんです。だからどうなるかというのは、見かけはどっちかというえばペシミスティックな風に見ていると思うのね。こういう戦争の世の中を、あまり楽天的に見ることは、よほどの馬鹿でなければできないですよね。

だから、堀田ぐらいの頭で、あれだけの経験をもっている人間が観察すれば、そう簡単にオプティミスティックにはなれないと思うんですが、しかし非常に苦しい困難な状況のなかで、彼の書いた文全部が、そのなかから、人間性というか、人間の尊厳を引き出そうとしていたと思います。そういうことが感じられるから、暗い感じはしないんだな。相当もうれつな話が後から後から出てくるけれども、それにも拘らず、全体の世界を人間が理解するんだし、理解する能力というのは人間しかないものでしょう。そして、それには一種の人間らしさ、人間の尊厳が感じられて、そこに向っていたと思う。非常にむずかしい状況のなかで、人間の尊厳をすくい出そうとした。

小田（実）さんが、国際的な、普遍的な言語と言ったから敢えて英語で言えば、尊厳というのはディグニティー（dignity）です。そういう人間のディグニティーをすくい出すために、それを目がけて、複雑な世界のなかにたじろがずに入っていった、実に稀有な作家で、稀有な思想家だと思います。

＊　一九九八年一〇月一四日、「堀田善衞別れの会」における弔辞、のちに『熱風』（スタジオジブリ出版部、二〇〇八年九月号）に収録。

辻邦生・キケロー・死…………………………

一九九九年七月の末、辻邦生の急死した日、私は病院から彼の山荘へ廻り、その書斎へ入った。窓に面して机があり、両側に本棚があり、窓は谷に面していて、窓枠いっぱいに高い樹立ちの緑が拡がっている。机の上には、紙やペンや鉛筆、状差しやインク壺や消しゴムや、ありふれた文房具が散らばっている。そのすべては、生きている間に彼がもっとも見慣れ、もっとも使い慣れ、ほとんど彼自身の延長と化していた対象であったにちがいない。

わずか四、五時間まえに、彼はその部屋から、机の上も、立ちあがるために動かした椅子の位置も、そのままにして、買物に出かけた、――ふり返って部屋を見廻すこともなく、部屋のなかにあるものに別れを告げることもなく、いつものように、気軽に、日常の用を足すために。しばらくそこに立ちつくした私は、今にも「お待たせしました」といいながら彼が部屋に入って来るかのような錯覚にとらわれた。死とは何か。それは辻邦生が再びこの椅子に坐ることがないという、あたりまえだが、信ずべからざる事実に他ならないと、そのとき、私は感じていた。

それよりも早く、七月の初めに、私は欧州に遊び、たまたま立ち寄った本屋の棚に、キケローの『老年について』（*De Senectute*）と『トゥスクルム荘対談集』（*Tusculanae Disputationes*）の死についての議論の現代語訳を見つけて、シベリヤ上空の航空機のなかでそれを読んだ。さらに東京へ戻ると、おどろくべきことに日本語訳で『キケロー選集』というものが出版されていた（岩波書店）。まず『国家について』（*De Re Publica*）を読み、そこで昔学生の頃悪戦苦闘した「スキーピオーの夢」にも再会した。古典ラテン語の初心者はよく『ガリア戦記』から読み始めるが、名文家として知られるキケローの散文はくらべものにならぬほどむずかしい。翻訳の有り難さが身にしみた。

キケロー（Cicero, 紀元前一〇六—四三年）は、死についてどう考えていたのだろうか。第一は、心身分離説である。死に際して、身体は滅び、心（または魂、または意識）すなわち anima は、身体の束縛から脱出して、永遠に生きる。第二は、天上幸福説。身体から離れた魂は、天に昇り、星となるか、星々の間に生きて、永遠の幸福を得る。

心身分離説は、心が身体の機能ではないことを含意し、心をも身体と同じような実体と見なす。生きている間、その心が身体のどこに宿るのか。キケローはプラトンをはじめギリシャの哲学者の言説を頻りに引用しているが、彼らの説も分かれていて、その点についての結論には達しなかったらしい（呼気、血液、心臓、脳など）。天上幸福説は、どの魂も死後幸福になれるのかという疑問をよびさますだろう。もしそこに選択があるとすれば、誰が、いつ、いかなる基準によって魂を択《よ》り分けるのか。キケローの議論は、キリスト教の教義と異なり、仏教の言説とくらべてもはるかに漫然と、「徳」があり、ローマの国家に尽くした人物の魂が天に昇るというにすぎない。

心身分離説は、もちろん、古代のギリシャ・ローマに固有の考え方ではない。多くの宗教的体系は、多かれ少なかれその立場を採る。ユダヤ・キリスト教はもとより、仏教にもそれがあり、儒教にさえもそれがある（朱子学）。また日本の民間信仰には、生霊と死霊とがあって、どちらも身体から、少なくとも一時的に、脱出する。しかしそれらの考え方のすべては、心身関係についての具体的で実証的な知識がほとんど全くなかった時代に考案されたものである。しかるに二〇世紀後半になって脳生理学が発達した。今では脳（身体）を離れて意識（魂）が存在するという主張を弁護することは、きわめてむずかしい。

天上幸福説は、心身分離説が成立しなければ、成立しない。またたとえ心身分離説が成立すると仮定しても、「天上」に関する知識は、望遠鏡以前と以後ではくらべものにならぬほど変わった。天上の楽園や星の擬人化は、身体つき魂についても、身体なし魂についても、到底現代の人間を説得することはできないだろう。

しかしキケローは、今日受け入れ難い宇宙論を主張していただけではない。『老年について』の最後のページに、大カトーの口を借りて、彼はおどろくべき言葉を書き加えていた。それは、「もし私の霊魂不滅説が誤っているとすれば、それはそれで結構だ」、というのである。「生きているかぎり、私は私にとってかくも優しいこの《誤り》を奪われることに抵抗しつづけるだろう」と。これは身体と共に魂も亡びると主張する「ある種の小さな哲学者たち」を意識しての発言だが、自説の相対化に他ならない。プラトンならば、そうはいわなかったろう。自説の客観的妥当性を主張してきた後で、突如、その説の主観的必要性に話を転換する。ほんとうの問題は、その説が正しいか、誤りか、ではなく、彼自身にとっての必要性だというのである。

「私にとってかくも優しいこの《誤り》」という一句は、たとえば『歎異抄』の親鸞の「法然聖人にすかされまいらせて」を想起させる。法然上人に従って念仏を唱え、極楽へ往くかもしれないし、地獄へ往くかもしれない、しかし親鸞にとっての問題は、念仏の必要性である、という。もし世界認識の客観性と実存的必要の主観性との相互超越的な関係が、人間の条件であるとすれば、死に直面した親鸞も、キケローも、同じその条件をみつめていた、ということになろう。

キケローの想像力は、また夢のなかで、宇宙飛行士のように、地球を宇宙の視点から眺めていた（「スキーピオーの夢」）。地球は多くの星とくらべてはるかに小さくみえ、その上のローマ帝国はさらに小さく、一つの斑点のようなものにすぎない。そこに住む人々の噂や名声や栄光などは、全く追求するに値しないだろう。地上の人間の事業のなかでは、「国家」を神に保証された最高の価値と見なしていたキケローは、ここでは、地上の価値の全体を相対化しているかのようにみえる。神から与えられた不滅の魂を天上の聖域へ引き上げる「徳」だけが、追求に値する、と天上の大スキーピオー（アフリカーヌス）が語るのを、主人公は夢のなかで聞くのである。しかも宇宙空間からみれば、地球が小さいばかりでなく、地上の時間も宇宙の時間にくらべて短い、という。覚めているとき必ずしも説得的でないキケローの世界観は、夢のなかでは二〇世紀末のそれに近い。

辻邦生は、その静かな書斎の椅子にかけて、何を考えていたのだろうか。死について私は彼と語ったことがない。「生を知らず、況《いわん》や死をや」の伝統的文化がわれわれを浸していたからかもしれない。彼はローマの文化にも詳しかったから、「たとえ私の説が誤っているとしても」といったキケローを知っていたにちがいない。またその後につけ加えて、「自然」の永遠の法則の一部である死の静かな受容を説いていたことも、知っていたはずだろう。西行の語彙に従えば、諸行無常であり、万法寂滅である。それは科学的知識ではない。しかし科学的知識と矛盾はしない。

『朝日新聞』（「夕陽妄語」一九九九年八月二三日）

鍋島元子さんの想出

鍋島元子さんとの私のつき合いは、断続しながら、ほとんど半世紀に及んだ。そのすべての想出も、死を前にした彼女の圧倒的な印象にくらべれば、かき消されるような気さえする。病床の鍋島さんは何を語ったか。冷静に、客観的に、転移のある癌の現状と予後を語った。またやりとげたい仕事、殊にミュールハウゼンの演奏会の意味について、それまでの話し方と少しも変わらず、熱心に語りつづけた。それは言葉だけのことではなくて、担当医と相談し病院から抜け出して、文字通り命がけで、ドイツでの最後の演奏会を行ったのである。彼女が病院で亡くなったのは、それから間もなくのことである。

昔、医を業《なりわい》としていた私は、何度も人の病死に立ち会ったことがある。しかし男女を問わず、知らざることを知らずとする、誰が「死」を知ろうか、それほど徹底した合理主義と、あらゆる場合に自己を抑制する、それほど強い意志の力に出会ったことは、稀である。また死に臨んでそれほど平静に、それほど常に変わらず、仕事について語りつづけた人物に出会ったのは、さらに稀である。

鍋島さんはどういう仕事をしていたのか。演奏家としても、研究者としても、教師としても、第一に、西洋の音楽をその「源」において究めようとしていた。「源」とは歴史的概念である。彼女の音楽への接近法は根本的に歴史的であった。一九世紀以後の大きな演奏会場のための音楽ではなく、文芸復興期から一七・八世紀にかけて教会または「サロン」で演奏された音楽の繊細な多様性を、理解し、再生しようとしていた。遠い日本に「古楽」を導入した開拓者の一人は、鍋島さんである。

第二は、彼女は音楽と文化一般との密接な関係を強調していた。同時代のヨーロッパのなかでも、ライン河の北と南とでは、異なる文化の生みだした異なる言語や感受性や美意識があり、したがって楽曲の解釈も演奏も、地域に応じて異ならなければならない、という主張である。現に彼女自身はオランダ語やドイツ語やフランス語を流暢に話し、その他二つ三つのヨーロッパ語にも通じていた。演奏家として歴史に敏感であったばかりでなく、また同時に文化の「トポロジー」と深く係わっていたのである。音楽家にかぎらず日本の芸術家に、このような通時的かつ同時的な西洋文化の深みへの探求を見出すことは、おそらく多くない。

私はそういうことを想出しながら、もし「それが日本とどう係わるのか」という問を発したとすれば、彼女が何と答えたろうかを想像する。おそらく鍋島元子は「日本と係わろうと係わるまいと、それこそが音楽の問題だ」と答えたにちがいない。そして静かに、しかし断乎として、「だから人間の問題なのだ」とつけ加えたことであろう。

古楽研究会編『鍋島元子追悼録』（古楽研究会、二〇〇〇年一一月）

弔辞〔下中邦彦〕

＊

下中邦彦さんが亡くなったという報せを受けたとき、私はまた一人の同時代の友人を失ったと思いました。そして今、長身痩軀、背広の着こなしの瀟洒な下中さんの姿を思い浮かべています。

私たちの最初の出会いは、一九七一年の中国においてでした。日中文化交流協会の中島健蔵さんの率いる訪中団に加わって、二週間ほどの間、起居を共にしました。香港から境界の短い橋を徒歩で越えて、本土側へ入ると、そこは全く別の世界でした。たとえば「人民公社」を訪ねる度に、私たちを拍手で迎えてくれたのは紅衛兵です。訪中団は各自が携えていた赤い小さな本、林彪編の『毛語録』をかざして、歓迎の拍手に応えました。

しかし下中さんには、『毛語録』を打ち振る自分自身を、ある距離を措いて眺めるという気配がありました。おそらくその距離が、下中さんの会話にいつでもどこでも私が感じた、一種の「ユーモア」を生みだしていたのでしょう。その「ユーモア」は皮肉でも、懐疑やためらいでもありません。精神の平衡感覚というか、知的誠実に限りなく近いものの表現であった、と思います。その後三〇年、平凡社にもさまざまの困難があり、危機があったわけですが、下中さんの人柄は変らず、独特の「ユーモア」を決して失いませんでした。その故にこそ私たちは友人だったのでしょう。

一九七〇年代の後半に、私は下中さんから、平凡社の『大百科事典』編集長の仕事を提案されて、大任だと思いましたが引き受けました。その頃、下中社長の下《もと》には、実にすぐれた編集部があり、仕事は私の生涯の中でも最もたのしいものの一つになりました。

これより先、平凡社には『世界大百科事典』（一九五五―五九年）の経験がありました。それは日本の百科事典を、世界に向って開いた画期的な業績です。その経験を踏まえて新しい『大百科事典』は、アジア、殊に中国・朝鮮半島・日本に関する記述を重視しています。

そのことと、下中社長が『東洋文庫』のシリーズを刊行しはじめていたこととは、無関係ではないでしょう。中国の仏像の図鑑の刊行も思い出されます。下中さんは、日本文化の将来がアジアとの関係にかかっていることを、見抜いていたにちがいありません。編集者として、出版の内容に関する指導者として、下中さんには大局を見る見識があり、鋭い洞察と共に一貫した立場がありました。

私は私の友人を失いましたが、それだけではありません。日本の出版界と文化は、たしかに一人の下中邦彦を必要としていたのだと思います。早く亡くなられたのは、まことに残念なことです。

下中さん、さようなら。

『故下中邦彦　お別れの会　記録』（平凡社下中記念財団、二〇〇二年七月）

＊　本稿は、二〇〇二年七月一七日に行われた株式会社平凡社と財団法人下中記念財団の合同葬「故下中邦彦お別れの会」での著者の弔辞。

「江藤文夫年譜」に寄せて

江藤さんが没くなった。それから時が経つにつれて、彼がいたところに開いた大きな穴がますます大きく感ぜられるようになった。

彼はどういう領域で仕事をしていたか。第一に教育。成蹊大学での彼の学生の中には、卒業し、就職した後でも、大学の枠外で江藤私塾に知的刺激をもとめて数年間も変わらない若者が多かった。おどろくべき人望と魅力。それが人気取りと正反対の何ものかであったことは、いうまでもない。江藤さんは実に多くの時間と労力を、人格と人格との接触としての教育に投入した。学生たち（の一部）は、そういう教師との出会いがどういう意味をもち得るかをあきらかに見抜いていた。

第二に、表現とコンミュニケイションについての理論と実際。殊に映画、殊にチャップリン。また殊に演劇、殊に木下順二。彼はチャップリンの映画についても、木下順二の劇についても、広汎な資料を集め、調査し、そこから多くの深い問題を汲みだしていた、——歴史的、社会的、人間的、芸術的諸問題について。『チャップリン』と題する著書や多くの文章または会話の中での言及は、十分にそのことを示唆している。しかしそれは彼の広い知識と見識の一部分に過ぎない。それをまとめて大著を作ることを彼はしなかった。著作家としての彼の領域は、永遠に準備をつづける思想史家の世界であった。

第三に、組織。ある目的のために人に会い、説明し、説得し、それぞれの役割を定める。たとえば山本安英さんの主宰した「ことばの勉強会」。John Dower 教授の日本の戦後史（『敗北を抱きしめて』）を検討する読書会。もし元気でいたとすれば、どれほど貢献してくれたかわからないほどの「九条の会」、そのための批判と忠告と積極的援助、——そういうことのすべてを組織する能力はすばらしく、意志は強固であった。

この三つの領域のどこに重点があったのだろうか。それは私にはわからない。外からみてわかっていたのは、どの領域においても彼の活動が水際立っていたことと、その多面的な活動を結びつける太いすじが一本通っていたことである。信頼すべき人格の integrity（統合性）、——たとえば権力に対する態度の一貫性、また同時に異る意見を聴く開放性。教育も、思想も、組織活動も、合せてその全体が、江藤さんの人生であった。彼の人生はその主著であり、代表的作品である。

「年譜」は書かれるべき伝記の一つの要約である。人の生涯の足跡の略図、その目次と索引であるとすれば、江藤さんの場合には年譜こそがその貴重な仕事の全体、すなわち生き方の全体への導入部となるだろう。著作のために生きた人たちを私は尊敬する。しかし生きるために書いた人たちを決してその下に置かない。わが友江藤文夫の生涯はそのことを見事に証言していると私は思う。

「江藤文夫を語る会」パンフレット（二〇〇五年七月）

『江藤文夫の仕事』について……………………

江藤文夫（本名、山口欣次、一九二八―二〇〇五年）は急に私の世界から消えた。するとその跡に穴があき、その穴は時がたつと共に次第に大きくなった。それは今私が彼の意見や提言をもとめようと思っても、彼がもはやそこにいないということでもある。余人を以ては換え難い。

江藤文夫とはどういう仕事をした人なのか。亡くなった直後にかねて親しかった弟子＝友人がその仕事を中心にして年譜を作った。その見事な年譜によれば、彼の多面的な仕事の全貌を概観することができるだろう。仕事の全体を集約するような主著一巻というものが、彼にはない。しかし数冊の単行本を刊行し、無数の短文を雑誌、新聞などに発表した。文筆業はあきらかに彼のなし遂げた第一の仕事である。

第二の仕事も、そこに投入された熱意と労力において、またその成果において、第一のそれに劣らない。すなわち教育である。成蹊大学文学部での講義二〇年（映像論、思想的・文化的諸問題）。その教場の内外で熱心な学生や元学生が山口教授から受けた影響は大きい。そして第三に倦むこと無き文化運動の組織者として活動した。例えば山本安英の「ことばの勉強会」や「かわさき市民アカデミー」の組織を支えたのは、おそらく誰よりも江藤だったろう。その三つの仕事について私は短い文章をつくったことがある。

しかし今では、著作・教育・組織に加えて第四の領域にも注意しておきたいと思う。それは会話、殊に雑談である。彼は常に話題の豊富な話し手であったばかりでなく、相手の言ったこと及び言おうとしたことを、ただちに正確に理解するすばらしい聴き手でもあった。私は彼との会話を愉しみ、そこから多くのことを学び、江藤文夫の代表的な作品は、彼のさりげない雑談ではないかと考えている。

もちろんそれを今再現することはできない。すべての会話は「一期一会」である。話し手と聴き手と、二人の人間が役割を絶えず交換しながら作る空間は、特定の場所で特定の時間におこるすべての出来事のように、一回限りのものだ。人生の全体のように。記憶をよびさますために速記録やテープは役立つにちがいない。しかし再現されるのは、過去の出来事の記憶であって、その現実の全体ではない。一度失われた現実を回復することはできない。

しかしもう一つの、時空間を越えて生きてゆく現実もある。それは会話のなかで語られた「ことば」の現実、無数の短文の中に散りばめられた「思想」の現実、プラトンのいわゆる「イデア」の世界の現実である。

江藤を知ること深い四人の弟子＝友人、井家上隆幸、石原重治、藤久ミネ、鷲巣力の四氏は、今『江藤文夫の仕事』全四巻（影書房刊）を編集し、その第四巻（一九八三—二〇〇四）はすでに刊行された。編集は著者単独の著作を別として、発表された文章を年代順に並べる。その第四巻は著者最晩年の仕事の集成である。

この本を読んで私は彼との会話を実にいきいきと思い出した。文章の中に散在する多くの観念は、私が彼の口から直接に聞いた観念であり、会話の中に流れていた思想はそのままこの本の文章に一貫している。今は亡き江藤文夫という人物の仕事の意味を知るために、彼との会話が最良の経験であるとすれば——それはもはや繰り返すことができない——、もう一つの同様に有効な方法は『江藤文夫の仕事 4』を読むことである——そのページは今われわれの眼前にある。

内容は驚くべき多面的である。同時代の重要な社会現象に触れながらジャーナリズムを論じ、木下順二から井上ひさしに至る現代劇を分析して「ことば」の役割を強調し、映画を語ってはチャップリンや木下恵介や小津安二郎からそれぞれ異なる視点からなる異なる問題を抽き出している（フィクションと現実、反戦主義の一貫性、戦争経験の二面性）。

しかしそれだけではない。彼の仕事が私を惹き付けるのは、その表面が多面的だからではなく、彼の多面体に中心があり、その中心が動かないからである。彼自身の言葉を借りれば「戦後文化・戦後社会のありかた」に対する「問題関心」（『江藤文夫の仕事　4』一五八頁）。それを自分の眼で見ようとする強い意志。溝口健二が旅行にカメラを携帯することを嫌ったのは、対象を自分の眼でよく見なくなるからだ、という意味のことを彼は書いている（同上、五八頁）。

私はこれに賛成する。江藤が溝口を引用したのは、ジャーナリストと現場との関係を論じた文章においてだが、観察者は必ずしもジャーナリストではなく、対象は必ずしも事件でなくても、同じことが言えるだろう。わざわざカメラを持ち歩いて観光絵はがきの写真を模倣するのは、芸術家の仕事ではない。私は江藤の文章を読むと背景に同時代人の心臓の鼓動を感じる。その理由は同じ事件を経験したからではない。そうではなくて、同じ事件――たとえば一五年戦争の以前と最中と以降――に対する反応が、必ずしも私自身のそれと一致しないが、私にとって理解可能であると感じるからである。

江藤は戦時下の中学生であった時のことを思い出していた。中国戦線から帰ったばかりの若い教師が中国兵の捕虜を日本刀や手榴弾で虐殺した話を得々と語る。その時の嫌悪感を憶えていると書いた後に続けて、その「嫌悪感は、あるいは戦後になって記憶に付加されたものではないのかと考えると、いまさらながらゾッとする」とつけ加えていた。「面白おかしく語られた話を、同じく面白おかしく聞いたのであったとしたら、その少年の心とは一体何であったのか」（同上、一三二頁）。

この挿話の後半、嫌悪感がなかったら云々は、自分の眼で過去の経験を見直さないかぎり、決して見えてはこなかったはずである。いわんやそこから、戦争を否定しながらも軍隊生活をなつかしむ小津映画の主人公たちへの鋭い注目へつながってゆくことはあり得なかったろう。

そういう微妙な心の動きを現代人の中に見とどける眼を狭くは日本社会が、広くは世界が必要としていないだろうか。必要としているにちがいないと私は思う。それでも江藤文夫は死んだ。けだし「死」こそこの世でもっとも不合理な現象である。

『朝日新聞』（「夕陽妄語」二〇〇六年七月一八日）

バルバラの小石

私は今彼女を思い出したことを思い出す。

北米のロングアイランドの林の中で私は彼女を思い出した。ふと足もとを見ると、親指の先ほどの乳白色の小石があり、その磨かれたような表面が晩い午後の光にしっとりとかすかに輝いていた。すると突然彼女を思い出したのである。彼女はその時私からは遥か彼方に、――北米の大陸を横切り、太平洋を越えた彼方、鎌倉の住宅街に住んでいて、さりげない小石を集め、その色や形を楽しんでいた。そういう人物を私は他に知らなかった。

もちろん路傍の小石に市場価値はない。しかしそれを拾い上げ、見つめ、指先で愛撫する人にとっては、限りない価値があり得るということを私に教えてくれたのは彼女である。

小石を置いた大ぶりの皿に「水を入れると色が鮮やかになります」と彼女はいった。そこに薄陽がさせば、底に沈んだ石の色はさらに鮮やかになり、微風が水面を掠めれば、多彩な反映はかすかに揺れる。微妙な差異……どの石にも名前はないが、どの石にも歴史はある。人の一生の何百倍何千倍の年月をかけて、海の水がそれぞれの石の角をとり、表面を滑らかに磨いたにちがいない。由比ケ浜に立って実朝が見つめていた同じ海の波、オデュッセウスが人魚の歌を聴いた海や、コロンブスの船隊が新世界へ向かって進んだ海の波が、彼女の皿のなかの小石を作ったのである。

私は足もとの小石を拾って上衣のポケットへいれる。そうして思い出したことは、その時々にちがっていたはずだ。彼女の部屋の障子を透してのやわらかい光や、足の裏に感じる畳の肌触りの記憶、また彼女が愛した——そしてドイツ語に訳した——日本の女流作家や永井荷風や川端康成の日本語散文の行間に滲む微妙な味、あるいは鎌倉のいくつかの食堂の好みなど。しかし今私がもっとも強く思い出すのは、それらすべてについて彼女が語った語り口である。

彼女の意見には明瞭な輪廓があった。その意見に同意をもとめる時の、まっすぐにこちらを見つめ、あらかじめ同意を期待して微笑んでいるかのような、しかし決して右顧左眄しない眼。そして確乎とした、しかし攻撃的でない、包みこむように友好的な、語調、——殊にたとえば日本語の会話での「ネ」（接尾語）の独特な、念をおすというよりも誘うような、繊細な響き。鎌倉から遠く離れて、その声を私は何度思い出したことか！　もう二度と見ることのできないその眼の中の微笑、もう二度と聞くことのできないその声の響き、それを今私は思い出す。私の机上にも、二つ三つの小石がある。孤独な、短いわれわれの人生の記念碑のように。

バルバラ・吉田=クラフト、吉田秀和編『日本文学の光と影』（藤原書店、二〇〇六年一一月）

誄《るい》　白土吾夫さんと日中文化交流協会……………………

日中文化交流協会は中島健蔵会長、白土吾夫事務局長で、一九五六年に発足しました。この御二人は世にも珍しい性格と信念を共有していたと思います。第一の点は、何事についても決して御自分の利益のためには動かないということです。そうではなくて自分自身を超える何らかの目標や理想に向かって働いたのです。そのことはあれほど性格のちがうように見えた白土さんと中島さんとが共有した第二の点にもつながります。第二の共通点は日中両国民の友好関係が両国のみならず東アジアの安定と繁栄のために決定的に重要な条件であるという信念です。日中文化交流協会は今日までその初志を貫き、文化交流を通じて、両国民の友好関係を築くために献身的な努力を重ねて来ました。その努力を実務的な面で支えて来たのが白土さんです。

彼は計画し、組織し、交渉し、説得し、無数の交流の現場に立ち会って、協会の活動を日中友好の一点へ向かって導きました。そのために体力と誠意、鋭い現実感覚と確かな理想主義、その持てるものすべてを投入したのです。彼と話し、彼と仕事をした人は誰でも白土さんが決して裏切らない人物だということを感じていたに違いありません、日本人も、中国人も。相互の信頼関係は個人間の接触から始まります。日中文化交流協会が中国の文化関係者から信頼されているのも、そのために生涯をかけた白土さんの人格の integrity に據るところが大きいでしょう。

時代はこの五十年の間に大いに変わりました。中国では毛沢東・周恩来体制が台湾を除く全土を統一し、——香港とマカオの返還は少し遅れましたが——十九世紀以来の外国の干渉と支配を排して独立を達成しました。その後「文化大革命」の時期もあり、政治的力関係の激動もあり、そのすべてを克服して「現代化」政策が大いに進展して今日に及んでいることは、周知のとおりです。もちろん数多くの、複雑で大きな問題もあります。たとえば人口、環境破壊、貧富格差など。しかしいずれも、かすに時間をもってすれば解決できないわけではないでしょう。おそらく今世紀の後半は中国の輝く時代になるのかもしれません。

そういう中国に日本の対中政策は反応し、また中国の変化に反応する米国に反応し、大いに変わってきました。日中文化交流協会が出発した最初の時期に日中の政府間には正常の国交がなく、東京は「中国封じ込め」政策を支持していました。東北アジアの国際関係がいわゆる「米中接近」と日中国交回復で急転したのは、周知のとおりです。経済的関係は急速に拡大し、文化交流の幅も拡がりました。しかしその後も日中の政治的関係には大きな起伏があり、その枠内での文化交流にさまざまの困難が伴ったことはいうまでもありません。その困難の時期にこそ白土さんの真価は、目立たず、しかし確乎として、あらわれていたのです。彼は歴史認識が世界の常識に反して狂えば未来が狂うであろうことを見抜いていました。

今夕は白土さんのお別れの集まりです。お別れは誰もが望まないことで、誰もが避けられないことです。人間の條件に対して、私たちに選択の自由はありません。私たちにどういう希望があるでしょうか。

日中文化交流協会の皆さん、ここにお集まりの皆さん、白土さんはもういないのですから、私たちの希望は、必ずやきびしい未来に向かって白土さんが択んだ理想をくり返し択びなおしてゆくことだろうと思います。御静聴をありがとうございました。

『日中文化交流』第725号（日中文化交流協会、二〇〇六年一一月一五日）

鶴見さんへの敬服

鶴見和子さんが倒れてからのあの頑張りは見事だ。敬服しています。死の不条理への挑戦、敗れる戦を戦い抜く勇気、あれだけすさまじい生き方は、私の知る限り、他にありません。

（「鶴見和子さんを偲ぶ会」へのメッセージ）

日本はこの夏に鶴見和子を失った。私は社会学者としての彼女の良い読者ではなかった。又晩年の彼女を親しい友人であったともいえない。新聞の片すみに訃報を見つけて、しばらく茫然として為すところを知らなかったのは、そういうことではなく、かねて彼女が病にもかかわらず対談や歌作やできるかぎりの手段を用いて病に抵抗し、死と戦いつづけていたことを、遠くから、しかしはっきりと、見とどけていたからである。

決断があれほど明らかで、意思があれほど強固な人物はきわめて稀である。私は彼女を尊敬していた。死との戦いは必ず敗れる。それは時間の問題であり、それが人間の条件である。しかしたとえ敗れたとしても最後まで抵抗しながら敗れよう、というのが、鶴見和子の哲学であったように私には思われる。

『環』28号（藤原書店、二〇〇七年三月）

宮本さんは反戦によって日本人の名誉を救った……………

戦後すぐの時期に、宮本顕治さんと雑誌で対談したときの印象はいまでも鮮明に思い出す。宮本百合子が「歌声よ、おこれ」を書いた解放感が社会にみなぎっていた。顕治さんはその渦中の人であり、獄中で非転向を貫いた十二年があったから、ほかの人をはるかに超える解放感を感じたに違いない。それは高みの見物ではなく、一緒にやろうという未来への明るい希望に満ちた解放感だった。

私の世代はよく知っているが、宮本夫妻の戦時下の往復書簡『十二年の手紙』は、日本のファシズムに対する抵抗の歌である。窒息しそうな空気の中で最後まで知性と人間性を守った記録である。

歴史的記念碑ともいうべき宮本顕治さんの偉大さは十五年戦争に反対を貫いたことである。それができた人は、日本では例外中の例外だった。宮本顕治と百合子はあの時代にはっきりした反戦を表明し、そのために激しい弾圧を受けた。その経験なしには「歌声よ、おこれ」の解放感は生まれなかったろう。

武者小路実篤は敗戦で虚脱状態に陥ったと言ったが、それは解放感とは逆方向のものである。宮本顕治・百合子夫妻とこの白樺派の人道作家の違いを表している。

宮本顕治さんは反戦によって日本人の名誉を救った。戦争が終わり世界中が喜んでいるのに日本人だけが茫然《ぼうぜん》自失状態だった時に、宮本さんは世界の知識層と同じように反応することができた。

私が対談したときの宮本さんは穏やかで礼儀正しい人だったが、表情は精かんで、修羅場をくぐってきた人の自信と安定感があふれていた。私がこれまで見たなかでもっとも美しい顔の一つだったと思う。

それは不思議と東大寺戒檀院の四天王の顔に似ている。仏を守るためにはいつでもたたかおうとしている四天王のように、断固とした強い意志を秘めた顔だった。

直接お目にかかったのはその時一度きりだったが、その後の日本共産党の指導者としての彼が強調したことは二つあったと思う。

一つは国内的な問題で、暴力革命の放棄である。先進資本主義国である日本の現状を分析した末に、武力による権力奪取が望ましい革命ではないと結論した。そこには理想主義だけではない現実主義者の一面があった。

もう一つは国際的な問題で、平和とともに独立を強調したことである。それは最大の社会主義国であったソ連と第二の強大な社会主義国の中国からの独立だった。これらの国と友好的な関係を持つためにも隷属するのでなく、独立を守ることが大事だという考えだった。福沢諭吉の「一身独立して一国独立す」の考え方と似ている。

死は誰にも必ず訪れるものだが、宮本顕治さんのような人が亡くなって思うのは、死は不合理だということだ。その死を正当化する理由は何もない。心から哀悼の意を表したい。

（談）

『しんぶん赤旗』（二〇〇七年七月二一日）

呼びかけ人

小田実さんが亡くなりました。痛恨の限りです。私的な面でも公的な面でも。

私的な小田さんは実に誠実な人でした。例えば学生のころ、小説の草稿を当時の新進作家・中村真一郎に送って中村から対等の扱いを受けたということを、何十年も生涯を通じて覚えていました。公的な小田実は驚くべき「呼びかけ人」でした。というよりも、今も我々に呼びかけています。べ平連の平和活動、阪神地震災害の救援の為の市民運動、そして九条の会の呼びかけなどです。彼の呼びかけは格別の説得力をもっていました。弁舌をふるうばかりでなく自らデモの先頭に立つ。しかし同時にしゃべる必要があれば理路整然としゃべる。不言実行ではなくて有言実行です。そして小田は文学者でもありました。『「アボジ」を踏む』や『玉砕』のような珠玉の名作があります。それとともに、社会における文学者の活動の全く新しい一つの型をつくりだし確立することによって、日本の文学史に大きな決定的な貢献をしました。

小田実はいまも私たちに呼びかけています。皆さんとともに、ここに居られる全ての方と一緒にその呼びかけに答えてゆきたいと思います。我々の希望はそこに開けてくるのです。

（小田実の葬儀のための弔辞原稿、二〇〇七年八月四日）

現代と神話

今年（二〇〇八）の初めに『極光のかげに』（一九五〇）で有名な高杉一郎氏が亡くなった。それより早く昨年の夏に、私たちはかつての「べ平連」の指導者で今日の「九条の会」の呼びかけ人であった小田実氏を失った。

この二人の死は、私を動かす。しかし私がここで読者に告げたいと思うのは、そのことではない。二人はその晩年に古代ギリシアの文化に深い関心をもっていた。それはシベリア抑留やベトナム反戦とは直接に係わりのないことのようにみえる。しかし二人がギリシア志向を共有したのは、全く偶然の一致でないように、私には思われる。

＊

高杉一郎氏（一九〇八—二〇〇八）は、捕虜として経験したシベリアの風物を狙いの的確な散文で鮮やかに描き出した。眼のさめるような臨場感。どれほど厳しい経験であっても対象との間に保たれる知的距離。そして折に触れそこにあらわれる繊細な温かい心。――しかもそれだけではない。

心あたたかいロシア人の評価と収容所と強制労働の条件のもとで押しつけられた（あるいは「教育」された）イデオロギーの拒否という記憶は、一九五〇年の東京であらためて主張された。その頃の東京の知識層が左右に二分されていたことは、いうまでもない。「冷戦」は始まっていて、誰も「黒」か「白」か、どちらかであるはずだった。古代ギリシアはそのどこに位置づけられるだろうか。

＊

小田実氏（一九三二―二〇〇七）は大学で古典学を修めた。日本人の学生としては例外的に少ないひとりである。それから小説を書き、エッセーを作り、講演会で話し、役所の前で座り込み、ベトナム戦争について、米軍基地について、神戸震災について、イラク征伐について、憲法改悪について、その立場を明らかにしてきた。

最後の病床についてさえも、彼はインタビューを断らず、口述筆記によっても戦いをやめなかった、改憲論者に対し、死神に対し、まさにギリシア神話の英雄たちのように。その多忙の中で、入院まで、小田実は何をしていたか。ホメーロスの吟唱した叙事詩『イーリアス』の日本語訳をあらためて作ることである。

高杉のギリシア志向は、英国の詩人、ロバート・グレイヴズの名著『ギリシア神話』の名訳を生みだした（Robert Graves, *The Greek Myths* 修正版、一九六〇、邦訳一九九八）。訳業を果たした動機は、第一次世界大戦の戦傷兵であった原著者との共感も含めて、「これを日本語に移す仕事は戦争と抑留から生きて還った私に課せられた義務だ」と思ったからである（「訳者」あとがき）。すなわち『ギリシア神話』の翻訳は訳者にとって、単に知的好奇心の問題ではなく、人格の中心部分と深く係わるものであった。そうでなければ、誰もこれほどの努力を必要とする仕事を完成できなかっただろう。

小田にとっては『イーリアス』の訳を完成する時間がもうなかった。しかしその仕事に手をつけたとき、その話をする彼の声がいかに明るかったか。いかに未来が希望にみちていたか。「あれは反戦文学です」と彼はいった。そして「中村真一郎さんならわかってくれる」とつけ加えた。何をわかるのか。『イーリアス』の中の「反戦」だけでなく（それを指摘したのは小田だけではない）、それが「文学」であることを。そして小田実という人間が市民の反戦運動に忙しく立ち回るだけでなく、「文学」をその根源において見つめ、そうすることで文学的に熟しつつあったことを。反戦はもちろん急務である。情勢は絶えず変わる。しかし『イーリアス』も急務でないことはない。「文学」の根源は二千年か三千年のうちには根本的に変わらないとしても。

要するに高杉一郎と小田実、この二人の同時代人には共通の特徴があった。移りゆく現実に敏感な反応と、動かない現実（たとえば人間の条件）に対する深い洞察。後者がギリシア文化への関心にあらわれていることは、上述のとおりである。

それはこの二人の場合に限らないだろう。たとえばフランスの詩人外交官、ポール・クローデルは「今、何を読んでいるか」という質問に「新聞と聖書」と答えていた。朝鮮戦争の報道でよく知られた米国の記者、I・F・ストーンは、ただ一人で書き、印刷し、配布した週刊紙の刊行でも有名だが、引退後は古代ギリシア・ローマの研究に熱中したという。

「現代」の情報に敏感な外交官、コラムニストは、かえって「古代」に強く惹かれるのかもしれない。そういうことは一七世紀フランスの「近代・古代論争」にもあらわれていた。それは、おそらくある程度まで、普遍的現象であるだろう。

しかし欧米の「現代」は古代ギリシア文化――その哲学と神話――の基礎の上に築かれた、ということがある。同じ条件は、日本と中国の「現代」にはない。そこでギリシアの「古代」のどこが儒教文化圏の「現代」の発展に役立つか、という問題が生じる。

＊

包括的な答えはここではできない。今は一例をあげて問題のおよその輪郭を示せば、ギリシア神話にしばしばあらわれ、悲劇が鋭く追求した局面は、神（神話）対人間（個人）の争いであり、戦いである。ここでは神の欲望が人間化されるが、その意志は貫徹する。人間（英雄）の意志は、神のそれに近づくが、それほど徹底しない。したがって戦いの結末は敗北に終わる。

その構造は、人と人とが争う近代劇のそれと違って、組織と個人が相対する社会的現実の構造に似る。ギリシア悲劇はその意味で、現代と古代をつなぐ糸である。

同じ糸は、東北アジアの古代と現代の間にはない。故にアジアは古代ギリシアに向かわざるをえない。たとえば木下順二はそのことを知りすぎるほどよく知っていた。そのあとに続くのが高杉一郎と小田実である。彼らとギリシア神話とは、容易に切りはなせない……。

『朝日新聞』(「夕陽妄語」二〇〇八年一月二三日)

解説　自画像としての推薦文と追悼文

鷲巣　力

推薦文と追悼文

加藤周一（一九一九―二〇〇八）はよく読みよく書いた。ノートを採り、書簡を認め、公にする文を綴った。初めて公にした「映画評『ゴルゴダの丘』」（『向陵時報』一九三六年一二月）から、絶筆となった「さかさじいさん」（『朝日新聞』「夕陽妄語」二〇〇八年七月）まで、ひとつの文も公にしなかったのは、太平洋戦争が始まった一九四一年と「十五年戦争」に敗れた一九四五年の二年だけである。発表した文章の総量は四〇〇字原稿用紙にして数万枚に達するだろう。

その大半は十枚以下の短文である。短文が多いのは、加藤が主として新聞・雑誌を舞台に執筆活動を繰りひろげていたからである。短文として書かれる代表的なものに「コラム」があり、自著の「あとがき」や「まえがき」があり、主として大型企画のときに出版社がつくる内容見本や書物に巻かれる帯の「推薦文」があり、親しい人や敬愛する人が亡くなったときに書かれ語られる「追悼文」がある。コラムをまとめた著書として『言葉と人間』（朝日新聞社、一九七七）、『山中人閒話』（福武書店、一九八三、増補版は朝日新聞社、一九八七）、『夕陽妄語』（I～VIII、朝日新聞社および朝日新聞出版社、一九八七～二〇〇七、のちにちくま文庫、1～3、二〇一六）がある。あとがきとまえがきを集めて『加藤周一が書いた加藤周一』（平凡社、二〇〇九）も編まれた。

本書は推薦文と追悼文を集めて一書としたものである。第一章は「称えることば」と題して内容見本や帯の推薦文五五点を収め、第二章は「悼むことば」と題して親しい人や敬愛する人の死去に際して書かれ語られた追悼文三八点を集め、ともに発表された年代に従って配列した。なぜこのような書を編んだのか。

中国・日本で昔は軽じられ、今は重じられる形式に、小説の類がある。逆に昔は重じられて、今は軽じられる形式に、短い文章の凝集して彫琢の跡の著しいものがある、序・跋・記・伝・その他。中国の文語によると日本語の文語によるとを問わず、短い文章の洗煉は、徳川時代の終りまで、いや明治以後にまで受けつがれて、わが国の文人の重要な事業であった。その伝統が、今日ほとんど失われたのは、何故だろうか。けだし、文章の物理的な長さによって売文業の成りたつ習慣が、天下に普及して、短文に時間と労力を投じては、効率が悪くなったからであろう。すなわち、文藝の資本主義化である。

しかし資本主義の発達は、また広告業の興隆を伴う。書物の広告、全集の見本に提灯もちの文章は、すべて短い。そこに序・跋・記・伝の伝統を活かすことができる。はるかに石川淳の名文には及ばずとも、文士の端くれとして応分の努力をしてみよう」(「私の広告文」追記」、『加藤周一著作集15』平凡社、一九七九、二九六頁)

このように書いた加藤の意思に従ったことがひとつの理由である。また、内容見本や帯の推薦文は、ほとんどの場合に評論集などに収められず、忘れ去られる。それらを集めて、加藤の短文を味わってほしかったことがもうひとつの理由である。

「称えることば」「悼むことば」といっても「内容見本や帯の推薦文」だけが「称えることば」ではないし、「個人の死去に際しての追悼文」だけが「悼むことば」ではない。しかし、本書の性格を明確にするために、内容見本や帯の推薦文と特定個人の死去に際して書かれ語られた追悼文に限定して収めた。

推薦文と追悼文に共通するものは何か。ひとつは短文として書かれることである。推薦文のほとんどは短ければ二〇〇字、多くても八〇〇字を超えない。もうひとつは、その短文のなかに対象の全体を表現しなければならないことである。しかも、内容見本がつくられる大型企画の大半は個人全集や個人著作集である。したがって、書かれる対象は個人である場合が多い。追悼文は書物の推薦文ほどには短くないが、それでもその大半は原稿用紙十枚以下だろう。対象となるものはすべて個人であり、その個人の生涯の全体を表現する。

加藤が書いた推薦文と追悼文を通して読むと、おのずと見えてくるものがある。それは加藤が書く文章の特徴であり、加藤の考え方の特徴である。もうひとつは加藤がもつ人物評価の基準である。

加藤の文章の特徴

短文で対象の全体を表現するには、簡潔に表現しなければならない。それには漢文脈の日本語で表現するのが相応しい。近代日本には漢文を素養にした日本語を書く作家たちがいる。森鷗外から始まり、幸田露伴や永井荷風を通って、石川淳に到る。加藤はその系列の最後に位置する。加藤は推薦文や追悼文を書くために好都合の資質を育て、短く書き、短いなかに対象の全体を著わす芸を愉しんでいた。

推薦文を書くにあたり、石川淳を範としただろうことは先の文からも窺える。石川が書く推薦文はまことに見事なものである。もはや石川のように書ける人はほとんどいないだろう。たとえば「林達夫著作集」を推薦した「賢人の書」（「林達夫著作集内容見本」平凡社、一九七一）は、次のように述べる。

林達夫著作集六巻は賢人の書である。遠くこれを望めば、ことばの河が流れて生活の影が見えない。じつは深く黙したところに生活があつて、ときにその響をことばに発する。近く垣をうかがへば、ただ異花清涼、主人を園中にさがしても、めつたにその姿を捕へがたい。いや、ついそこの窓のうちに、当人は昼寝でもしてゐるのかも知れない。園は必ずしも広きをもとめない。夢中茫茫よく道に遊ぶことができる。といふのは道は学問の夢だからである。水積もつて呑船の魚を生じ、ことば積つて学問の垂示となる。その薫習のおよぼすところは、俗にいへば啓蒙である。俗にいはなければ、けだし無為の徳か。老子に、上徳不徳、是以有徳とある。上徳はおほまかなものだから、けちけち雅俗をわかたない。この著作集はたれでも就いてまなぶによく、また従ってたのしむによい。

漢文の素養が豊かで、いかにも格調高く、かつ軽妙洒脱。しかも林達夫を知りつくしている人の言である。この文に触発されたかのように、加藤は『木下杢太郎日記』を推して「人と方法」

（本書四六頁）を著わす。わずか五〇〇字足らずの文章であるが、石川の推薦文とどこか通い合う。最初に太田正雄、別名木下杢太郎が、科学者であり詩人であることを述べる。科学者で詩人であるのは、時をさかのぼれば森鷗外に、時を下れば宮沢賢治に到ることを加える。

科学者としては皮膚科学の領域で業績を残し、詩人としては青年期に抒情詩や戯曲を書き、壮年期に切支丹宗門史、中国古代医学史、中国仏教美術史に著作を残した。晩年に至り野草の図譜をつくった。それは画家を目指した青春の夢と本草学の伝統とすべての仕事の特徴である形態学的方法の総合化されたものであることを述べる。

簡にして要を得た文である。太田正雄＝木下杢太郎の業績の全体に触れる部分はわずか二〇〇字である。漢文的表現法を採るからこそこの字数で書けたに違いない。

加藤の文は修辞法でも漢文を基礎とする。よく用いる修辞法のひとつは「二項対照法」もしくは「対句」である。『堀辰雄全集』の推薦文「堀辰雄愛読の弁」（本書四二頁）は、何層にも積み上げられた二項対照法で綴られる。

堀辰雄の生きる条件として「内には肺結核」「外には軍国日本」があった。「いくさにまきこまれてゆく東京の文壇をはなれ」「信州の高原で病をやしない」、自分ひとりの世界をつくった。その世界は、同時代の日本にとって「あまりに小さいものとあまりに遠いもの」から成りたっていた」。このように抽象的に述べたうえで、具体性を与え「早春のこぶしの花と午後の微熱」と

「平安朝の物語と海彼岸の詩人たち」が挙げられる。堀辰雄がつくった世界は「独特の題材」と「独特の文体」からなり、堀ほどの「確乎たる自己実現への決意」と「一貫した精神的独立の勇気」は、「当時の文苑」に稀であり「今日の」文壇にも多くないことを指摘する。堀辰雄の死後に「結核に対しては化学療法が普及した」が、「軍国主義に対してはまだ決定的な療法がない」といい、「その解答を堀辰雄全集に見出すことはできない」が、「一身独立の気風は、その全集の行間に読むことができる」と結ぶ。

少々やり過ぎの感もしないわけではないが、このような二項対照法の積み重ねは、加藤の文章のいたるところに見ることができる。

といっても、加藤の文がいつも漢文脈の文体を書いたわけではない。たとえば「河野夫妻の想出」（本書一三〇頁）は次のように綴られる。

河野与一・多麻御夫妻のどちらに先におめにかかったのだろうか。多分多麻さんの方が、先だったのではないか、という気がする。熱海の岩波別荘で、そのとき多麻さんは、日本古典文学大系の『宇津保物語』校訂の仕事をして居られて、たまたま行きあわせた私は、そこで夕食の度に何度かつづけておめにかかり、その度にながい話をして、すっかり親しくなった。

河野多麻さんと初めて会ったときのことである。「そのとき多麻さんは」の「そのとき」とは初めて会った、いわば瞬間的な「とき」のことを意味する。そのとき加藤はたまたま「行きあわせた」。ところが、この文は「夕食の度に何度かつづけておめにかかり」と何回か繰りかえして会ったことを述べ、そのたびに長話をするようになり、それをきっかけとして「親しくなった」と書かれる。同一文のなかで主語が変わり、時が変わり、しかも異なる文脈が一文のなかに織りこまれる。だからといって文意が不明瞭だということはない。しかし、こういう文をたとえば大江健三郎氏は決して書かない。むしろ谷崎潤一郎が書くような文である。要するに和文脈の文章なのである。

石川淳に対する「弔辞」（本書一四六頁）では「その批判精神、すなわち精神の自由と開放性」を評価する。それが何処に表れているかを論じて、第一に文芸批評において、第二に権力に対して、第三に文章そのものに表れていることを指摘する。

また矢内原伊作を語って「三つの顔」があるという（本書一五一頁）。あるいは「松本重治追想」（本書一五九頁）では、松本に感心し、尊敬し、倣いたいと考えた三つの点を挙げる。しばしば論点を三点に絞って、それを「第一に……、第二に……、第三に……」と記してゆく。

あるいはまた「……ではなく、……である」という、英語表現でいえば〈not...but〉構文を採り〈not only ...but also〉構文を用いる。「中村真一郎評論集成」を薦めた文（本書六一頁）は次のように表現される。

今日小説の読み手として中村真一郎の右に出る者はないかもしれない。まずその範囲が広く、古今東西にわたる。しかもそこには選択が働いている。『源氏物語』から『失われし時をもとめて』まで。李杜の余光の江戸に及んだ頼山陽から、独逸浪漫派の精神の巴里に花咲いたネルヴァルまで。しかし、西鶴を語らず、ゾラを論じない。

その読みはその人をあらわす。中村真一郎は他人を攻撃することがなく、他人を理解する。小説の多様な世界を評価して、まことにきめ細かく、まことに行き届き、決して粗雑なことがなく、決して単純化に流れない。

「『源氏物語』から『失われし時をもとめて』まで。李杜の余光の江戸に及んだ頼山陽から、独逸浪漫派の精神の巴里に花咲いたネルヴァルまで」については、中村の著作年譜を繰れば分かることである。しかし「西鶴を語らず、ゾラを論じない」ことについては、一定の判断を基にする。ここにこそ加藤の中村に対する評価が表れる。中村が「西鶴を語らず、ゾラを論じない」理由として、加藤はおそらくふたつのことを考えていただろうと私は考える。ひとつは、西鶴もゾラもいわば現実主義的文学者といっていいかもしれないが、そこから抜け出てはいない。中村には現実主義的文学をもとにしながらも、そこから抜け出す文学者たちに関心があったことを加藤は述べたかった。もうひとつは、中村が関心をもつ文学者はサロンに出入りし、サロンの知的交流を活かした文学者たちである。江戸時代後期の頼山陽、蠣崎波響、木村兼葭堂、近代初頭のパリのプルースト、ネルヴァルは、いずれもサロンをつくり、あるいはサロンに出入りした。サロンにおける知的交流が文学にいかなる影響をもったかに中村の関心が向いていた。しかし、西鶴もゾラもサロンに出入りすることはなかった。ゆえに中村は西鶴にもゾラにも触れなかったのだ、と加藤はいいたかったのだろう。

このような文章は、加藤が西欧言語の文章法を身につけていたことの証でもあろう。加藤が書く文章は、和漢洋の文の特徴を併せもち、いわば「和漢洋混淆文」ともいうべき文章を書いた。そしてときどきの目的や読者層に応じて使いわけていた。

加藤の考え方の特徴

推薦文や追悼文には、加藤の考え方の特徴が滲み出ている。

そのひとつは対象の全体的理解への志向が強いことが窺える。そして全体的理解は整合的な体系として表され、整合的体系的なものに加藤は美を感じた。たとえば木下順二の仕事を評して「個別の出来事を歴史の全体と関連させて」（「『木下順二集』に寄す」、本書六六頁）理解しようとしたといい、西洋「中世の思想は、その立場と意見の多様性により、また主観に超越する客観的世界秩序の全体への関心により、独特の知的展望を開いた」（「ポリフォニーとしての中世思想」、本書六九頁）と位置づける。

野間宏のなかに見出すのも「世界の全体をその多面性において包み込もうとする意図、あるいはその本質を一面において要約しようとする企て」（「野間宏または文学の事」、本書一六六頁）である。丸山眞男の「思考の対象の拡がりと、方法の統一」を論じて「高度の集中性の故の拡がりという思考の構造。その集中の中心は、通時的および共時的な日本社会の全体の本質的な性格」（「戦後史のなかの丸山真男」、本書一七九頁）だと分析する。そういう考え方が「未だこれを総合して、一時代の文化の全体につり合いのとれた見透しを与えるような記述は少いようである」（「『日本庶民文化史料集成』を歓迎する」、本書三〇頁）という批判にもなり、「日本庶民文化史料集成」に「私が待って久しい総合的な文化史への戦略的要点である」（同上）ことを期待するのである。

体系化された世界に対しては「ヴァレリー全集の美しさは、ほとんど人生と化した公理體系の美しさである」（「ヴァレリー全集聲援」、本書一七頁）というように体系的世界がもつ美しさを感じるのである。

二番目に、思想にせよ、知識人にせよ、個々の与えられた特殊な条件を超えて、普遍性へ到達する方法をもっていないとならない、というのが加藤の基本的な考えである。たとえば二葉亭四迷を論じて「同時代の日本の一市民の日常生活を、その條件を超えようとする願望との関聯において描いた」（「二葉亭問題」、本書五一頁）と述べ、齋藤茂吉を語って「その家業の学問的背景には、地方的な文化の特殊性を超える方法があった。その歌には、土の匂いがあり、同時に普遍的な知的世界へ向って解放された一面がある」（「齋藤茂吉全集賛」、本書二六頁）と捉える。また林達夫を見つめて「自分自身の特殊性を思想の普遍性へ向かって乗り超えてゆこうとする根本的な意志」（「林達夫を思う」、本書一一七頁）を発見するのである。石川淳にも「与えられた状況の特殊性を、普遍性へ向って乗り超えようとする断乎として一貫した意志」（「弔辞（石川淳）」、本書一四九頁）を認める。

しかし、個々に課される特殊性の条件を超えて普遍性に達することはなかなかむつかしいことも承知し「文化の特殊性に超越する普遍的な文学の定義は、なかったし、今でもない」（「『日本古典文学大辞典』の効用への期待」、本書五七頁）といわざるを得なかった。

第三に、加藤が大事にした考え方というか、態度の取り方として「反骨」が浮かびあがる。「反骨」はしばしば「反権力的」になり、「大勢順応」であることを嫌った。日中文化交流に精力を注いだ宮川寅雄に認めるのも「反骨」であり（本書一二六頁）、大岡昇平を高く評価するひとつの理由は大岡の「権力に阿らない姿勢」（本書五五頁）であるし、矢内原伊作に認めたのも矢内原が決して失わなかった「正義」の感覚であった（本書一五一頁—一五八頁）。

第四に、これは「考え方」というよりも「感じ方」というべきかもしれないが、「感じ方」も「考え方」の現われである。そういう意味でここに挙げることにするが、それは何に愛着を覚えるかという問題である。

長年の友であった福永武彦を病床に訪ねたときのことである。

その身辺の小さな空間を、彼は見事に構築していた。幾冊もの美しい本があり、その文字の形や、その紙の手触りや匂があった。また画集があり、そこにはゴーガン Gauguin の森や動物や褐色の女の肌があった。病が重くなり、もはや本を読むことが苦しくなったとき、かれは病床から手のとどくところに、録音テープの装置をおいて、モーツァルト Mozart を聞いていた。「愉しみの範囲がだんだん狭くなってきてね」と彼は私の方を見て笑いながらいった、それは少しも淋しそうな笑いではなかった。（「福永武彦の死」、本書一〇五頁）

また遠藤麟一朗の母親に出会ったときの経験を忘れずに、遠藤が亡くなったときに次のように記した。

私は遠藤の母堂の精進料理のもてなしにあずかった。何とか意味を通じさせるためにだけ私たちが喋っていたときに、そこで私は日本語の微妙に整ったいい廻しをきいた。飢えをしのぐためにだけ食べていたときに、私はそこで突然、料理の味の極度の洗練に出会った。焼け出されて、疎開し、売り食いをして、闇市のなかに生きのびながら、忘れていた日本の食器の、うるしや陶磁のいうべからざる美を、そこに見出した。焼跡に「再び見出された時」、あるいはむしろ一文化の形式、あるいは空間的秩序と化した文化とでもいうべきだろうか。

（「誄〔遠藤麟一朗〕」、本書一〇二頁）

あるいは、戦争末期、召集を待っていたひとりの友人を訪ね、友人とともにバッハを聴く。

友人は死に、私は生きのびた。それは全く偶然であり、人生は偶然に充ちている。しかし何故バッハか。それは必ずしも偶然ではないだろう。

私はその後、ヴェルサイユの庭の幾何学的秩序を知った。また、京都の庭の春雨に濡れた苔の表面に、官能的なほとんど情念ともいうべきものを見た。そしてバッハを想い出すことはなかった。私の脳裡にバッハの音楽が鳴り響いたのは、一二世紀のシトー派の僧院の内部に入ったときである。そこには同時に幾何学的秩序と感覚的な情念があった。あるいはむしろ、幾何学と化した情念があった、というべきであろう。すなわち精神となった生命。それだけが、死に、洪水に対抗する。（「バッハの作品は人類が残した最も完璧な仕事」、本書七六―七七頁）

この三つの文からは加藤が何に愛着を覚え、何を大事に生きていたかが伝わってくる。書物、絵画、日本語、料理の味、食器、日本の庭、幾何学的秩序、シトー派僧院、モーツァルト、バッハ、そして友人。その意味で、加藤の考えがよく表現されている、と私は考える。

加藤の人物評価の基準

人生は大小さまざまな選択の結果として形づくられる。「単に気分に従って生きたのではなく、考えて自己の生涯を択び、常に大勢に順応したのではなく、しばしば少数意見に徹底し」（『日本人の自伝』」平凡社、一九八一、本書四八頁）た人間を高く評価した。

たとえば山本安英の仕事を評価して（『写真集山本安英の仕事』影書房、一九九二）、「みずから選んだ原則に従って一つの人生を生きぬいてきた人格、――そういう人格の軌跡に接することほど素晴しいことはない」（本書七〇頁）といい、宮本百合子について、「当時の文学者の多くは、彼らの立場を変えて戦争を支持したが、彼女は戦争に反対し、決してその原則を曲げなかった。そこには類い稀な思想の一貫性と、人間としての尊厳の輝きがある」(「新版『宮本百合子全集』に寄す」、本書八三頁)と評するのである。

山本や宮本のように、ひとつの生き方を意識的に択び、それを徹底して貫く人を加藤は限りなく尊敬する。それは簡単に出来ることではないからである。数多くの困難や経済的不利益を顧みず、自分の選んだ生き方を貫くことにその人間の気高さを覚えるのである。

特定個人を評すれば、その人物が何をなしたか(作為)が重要な要点となる。しかし、その人物が何かを「なさなかったこと」(不作為)も重要な要点である。加藤は対象となる人物の「作為」に対してと同様に、何かに対する「不作為」に注目する。たとえば永井荷風を論じて次のようにいう(「本書の刊行に寄せて」、本書七二頁)。

西洋から帰った荷風は、化政の江戸文化を東京にもとめ、軍国日本がその名残りを一掃するや、人情を濹東に探り、浅草に遊んだ。小説の主人公もまた芸者から私娼や踊子に移る。しかし一貫して、文壇の流行に従わず、天下の大勢に附和雷同せず、決して批判精神を失わなかった。

また「藤田省三著作集」を薦める「思索への招待」(本書七八—七九頁)という文には、藤田の

「執筆への姿勢」が述べられる。

藤田氏は多く読み、多く考え、少し書く。少ししか書かない理由は、おそらく二つあるだろう。第一、独創的なものの見方、考え方、あるいは着想を含まない文章は、書かない。それは流行に従わないということでもある。第二に、常に事柄の本質的な部分へ向かう。ということは、われわれの時代と社会の全体にとって、直接または間接に意味のあることだけを書くということでもあるにちがいない。

ここには藤田が「書く」姿勢と「書かない」理由とを語って、藤田の著作集ばかりではなく、藤田という思想家のあり方を鮮やかに浮かびあがらせる。

このように対象となる人物の「不作為」にも注意を向けるのが、加藤の人物判定のひとつの特徴なのである。不作為はしばしば意識的な選択であり、ときに生活上の不利な選択となり、ときに勇気の要る行為であり、ときにその人の尊厳を表わす行為だからである。加藤がなにより大事にした「不作為」は、付和雷同しないこと、権力に阿らないこと、戦争につながるあらゆる可能性に賛成しないこと、周囲に威張らないことであった。

加藤は何よりも「精神の自由」を大事に生き、サルトルが考えたと同じように「生きることを「自由」として定義」（「サルトルのために」、本書一一三頁）した。ゆえに「精神の自由」を大事にした人物を高く評価する。林達夫然り、石川淳然り、ルネ・ドゥ・ベルヴァル然りである。

加藤が高く評価する人間は、国籍、性別、年齢、有名無名を問わない。ルネ・ドゥ・ベルヴァルの死に際して、「東京の富坂町に一人の自由な個人が住んでいた」と書き、「ひとりの自由なフランス人が住んでいた」とは書かなかった。では「自由な個人」とは何か。それについて「ルネ・ドゥ・ベルヴァルが一人の『個人』であったという意味は、彼が母国を離れて遠い国に暮したということではないし、孤独であったということでもないだろう。バカな操り人形でなければ、孤独でない人間などいない。そういうことではなくて、彼がみずからの原理に従って生き通したということである。その一貫性は、三〇年前も、今も、私を感動させる」（「ある自由人の死」、本書一三九、一四二頁）と記した。

また博学博識の誉れ高い林達夫を悼んでは次のように述べる。

林達夫が自由な精神であったということは、単にその知識が広く、かつ豊かであったということではなく、またその直観力が鋭く、その感受性がこまやかで微妙であった、ということとを意味するはずです。

しかし、林達夫における自由は単に選択の自由ではありませんでした。世界を解釈すること、あるいは世界を理解することは、精神が世界を超越する一つの形式です。逆に世界は、自己の外にあり、自己を条件づけるという意味で、自己に超越的です。すなわち世界の理解とは、精神が自己に超越的な世界に超越することであり、それこそは精神の自由のもう一つの定義にほかなりません。（「林達夫　追悼」、本書一一二頁）

加藤の「ある友人」は、人との交わりを最小限にとどめ、他人への影響力を求めず、地位の向上を求めず、その代わりに、国内の天平仏をくまなく見て歩き、ロマネスクの建築と彫刻を求めてヨーロッパの山間僻地を経めぐり歩いた。その友人の死を顧みて「煩雑な人間関係から、あらゆる種類の組織から、またいかなる教義やイデオロギーからも、自由であったのは、その自由を得るために支払うべき代価を十分に意識した上で、彼自身が決断した結果である」（「ある友人のために」、本書一九五頁）と述べる。「ある友人」とは、岩波書店の編集者だった高坂知英である。高坂は、周辺の知人や編集者や科学者の一部に知られてはいたものの、社会的にはほとんど知る人がいなかった人物だろう。しかし、そのことは加藤の人物評価にいささかも影響しない。加藤の人物評価は他人のうわさや評判、位階勲等、収入の多寡に左右されない。あくまでも加藤自身の判断に従った。

特定個人をその公的な仕事の面で評価するには、必ずしもその人物に直接に会うことを必要としない。しかし、ある人物を評価する場合、公的な仕事だけで判断するとは限らない。「人柄」というものも評価の基準になるだろう。「人柄」はじかに接しなければなかなか理解できないものである。加藤はこの「人柄」も大事にした。

矢内原伊作は「人柄の魅力」にあふれた人物であったという。「彼には宇佐見英治氏のようなすばらしい友人があった。あるいは、矢内原＝宇佐見の友情は、すばらしく濃かった。ジャコメッティ、宇佐見英治、ルネ・ゴウルドマン、そして私の知らない多くの女たちを、強くひきつけた人物に、特別の魅力がなかったとは誰にも想像し難いだろう。世の中の慣習に束縛されず『自由』であろうとする気力、思いやりと一種の優しさ、そこから現れてくる人間的魅力」――それが『蕩児』矢内原伊作の第二の顔である」（「矢内原伊作の三つの顔」、本書一五四頁）。

ここには人間的魅力の具体的内容については書かれないが、萩原徹（「パリ、ベルン、オッタワ、そして再びパリ」、本書一二七頁）や松本重治（「松本重治追想」、本書一五九頁）、そして笠置正明（「『開かれた』心」、本書一三七頁）や下中邦彦（「弔辞」、本書二一六頁）を語って、その人柄の魅力に触れ、その「暖かく、寛大な心」や自分と意見が異なる人に対する「開かれた心」、どんなときにも失わない「精神の平衡感覚」や「誰に対しても態度が変わらない」ことに敬意を表する。病を養っていた林達夫を見舞ったときのことを「林達夫を思う」（本書一一七頁）という文に綴った。

それは早春のことであった。海辺の家の庭には、まだ花が咲いていなかった。そのとき、書物にかこまれた書斎の、高い寝台の上に半ば身をおこしながら、林さんが倦まずに語ったのは、目録をみてとり寄せた何冊かの西洋の新刊書の内容であった。あたかも身体の苦痛や日常生活の不便や身辺雑事の煩いがなかったかのように。私は今その話の内容を覚えていない。私が今鮮やかに思いうかべるのは、病にも年齢にもかかわらず覚めている精神、世界のできごとに対する活発な好奇心、自分自身をではなく歴史を語ろうとする意志、一種の含羞とでもいうべき節度、来客に対する細かい配慮、――要するに私が常に林さんの裡に感じた人間の質のすべてである。

豹は死して皮を残す。人は死して、――いや、この人の場合には、一つの生き方を、人はいかに生き得るかということの、その意味の測るべからざる一つの証言を、残している、と私は思う。

「生き方」とは公的な仕事をどのようになすかということだけではない。私的な人と人との交わりでもある。私的な交わりの深まるとき、公的な仕事で何をしたかよりも、その人の人柄が重要な意味をもつに違いない。親しい友人知人たちとの交わりを大切に考えた加藤は、その「人柄」を大事なことと考えていた。

「人柄」はしばしば顔に表れることは誰もが経験することだろう。宮本顕治を語って「表情は精かんで、修羅場をくぐってきた人の自信と安定感にあふれていた。私がこれまで見たなかでもっとも美しい顔の一つだったと思う。それは不思議と東大寺戒壇院の四天王の顔に似ている。仏を守るためにはいつでもたたかおうとしている四天王のように、断固とした強い意志を秘めた顔だった」（「宮本さんは反戦によって日本人を救った」、本書二三六頁）と加藤はいう。

本書に収められた推薦文・追悼文を通して読んでいくと、次第に明らかになるもうひとつのことがある。これらの文は、つまるところ、加藤自身が目指した生き方、考え方、感じ方ではなかったか。推薦文と追悼文を通して、加藤はあるべき自分を想い、あるべき自画像を描いたのではなかったか。

最後に、普通「解説」には書かないことであるが、触れておきたいことがある。本書を刊行するにあたっては、西田書店の日高徳迪さんにお世話になった。私の企画提案への同意に少し逡巡していた日高さんの背中を強く押してくれたのは、妹の日高睦子さんである。その意味で本書は日高睦子さんにも負っている。また立命館大学加藤周一文庫のスタッフである西澤忠志君に資料の収集や整理を助けてもらった。記して謝意としたい。

本書出典一覧

第一章　称えることば（＊とくに断りのないものは当該書「内容見本」である）

1 すべての老幼男女に（『古典日本文学全集』全51巻、筑摩書房、一九五九年）

2 永井荷風の魅力（『荷風全集』全27巻、岩波書店、一九六二年一〇月）

3 西田幾多郎全集への期待（『西田幾多郎全集』全19巻、岩波書店、一九六五年二月）

4 ヴァレリー全集聲援（『ヴァレリー全集』全12巻、筑摩書房、一九六七年一月）

5 テイヤール・ド・シャルダン著作集に寄す（『テイヤール・ド・シャルダン著作集』全10巻、みすず書房、一九六八年一一月）

6 感受性への忠実（『片山敏彦著作集』全10巻、みすず書房、一九七一年九月）

7 鷗外全集に寄す（『鷗外全集』全38巻、岩波書店、一九七一年一〇月）

8 亡命の問題三つ（『亡命の現代史』全6巻、みすず書房、一九七二年九月）

9 齋藤茂吉全集賛（『齋藤茂吉全集』全36巻、岩波書店、一九七二年一二月）

10 歓迎徂徠全集（『荻生徂徠全集』全17巻、みすず書房、一九七二年一二月）

11 「日本庶民文化史料集成」を歓迎する（『日本庶民文化史料集成』全15巻・別巻1、三一書房、一九七三年一月）

12 仏教美術の評価に資する（『奈良の寺』全21巻、岩波書店、一九七三年九月）

13 『論語』（岩波文庫）（『論語』新聞広告、岩波書店、一九七三年一〇月）

14 書巻を開き、古賢に逢ふ（岩波文庫）新聞広告、岩波書店、一九七三年一〇月八日）

15（彼の生涯を分析することは……）（杉山二郎『木下杢太郎——ユマニテの系譜』帯、平凡社、一九七四年一月）

16 中村真一郎・その三悪と三善（中村真一郎『この百年の小説』カバー裏表紙、新潮社、一九七四年二月）

17（われわれ自身の思想の歴史をふり返り、そこから出発しなおす）（『近代日本思想体系』全36巻、筑摩書房、

一九七四年四月）
18 講座『日本語』への期待（岩波講座『日本語』全12巻・別巻1、岩波書店、一九七六年九月）
19 『三人のマリア』を推薦する（マリア・イザベル・バレノ／マリア・テレサ・オルタ／マリア・ベーリョ・コスタ著、藤枝澪子訳『三人のマリア』人文書院、一九七六年一一月）
20 堀辰雄愛読の弁（『堀辰雄全集』決定版全8巻・別巻2、筑摩書房、一九七七年四月）
21 「杜甫詩注」への期待（『杜甫詩注』全20冊、筑摩書房、一九七七年九月）
22 本選書に期待する（『岩波現代選書』岩波書店、一九七八年四月）
23 人と方法（『木下杢太郎日記』全5巻、岩波書店、一九七九年一〇月）
24 推薦のことば（日本人の自伝）（『日本人の自伝』全25巻、平凡社、一九八〇年一〇月）
25 なぜ抗議をするのか（『大江健三郎同時代論集』全10巻、岩波書店、一九八〇年一〇月）
26 試めされるその志と力（『現代社会と科学者――日本科学者会議の15年』大月書店、一九八〇年一〇月）
27 二葉亭問題（『二葉亭四迷全集』全9巻、岩波書店、一九八一年一月）
28 意味の大きい日本語訳（『世界古典文学全集』全50巻、筑摩書房、一九八一年三月）
29 何故杢太郎全集か（『木下杢太郎全集』全24巻、岩波書店、一九八一年四月）
30 大岡昇平・人と作品（『大岡昇平全集』全18巻、岩波書店、一九八二年五月）
31 知識と枠組と（『講座日本思想』全5巻、東京大学出版会、一九八三年八月）
32 『日本古典文学大辞典』の効用への期待（『日本古典文学大辞典』全6巻、岩波書店、一九八三年九月）
33 戦後文学史上、思想史上の記念碑（『中野好夫集』全11巻、筑摩書房、一九八三年一一月）
34 『中村真一郎評論集成』の出版を歓ぶ（『中村真一郎評論集成』全5冊、岩波書店、一九八四年三月）
35 日常生活で事典を活用する読者のために（『平凡社大百科事典』全16巻、平凡社、一九八四年五月）
36 〔富永仲基の発見〕（『富永仲基研究』帯、和泉書院、一九八四年一一月）

37 仏典読むべし（『仏教経典選』全14巻、筑摩書房、一九八六年四月）
38 『木下順二集』に寄す（『木下順二集』全16巻、岩波書店、一九八七年一二月）
39 古典文学の範囲を拡げる（『新日本古典文学大系』全100巻、岩波書店、一九八八年一〇月）
40 劃期的な出来事（『本居宣長全集』全20巻・別巻3、筑摩書房、一九八九年四月）
41 ポリフォニーとしての中世思想（『中世思想原典集成』全20巻、平凡社、一九九一年八月）
42 推薦の言葉より〔写真集山本安英の仕事〕（『写真集山本安英の仕事』影書房、一九九一年一一月）
43 そのおどろくべき「多様性」（『中村真一郎小説集成』全13巻、新潮社、一九九一年一二月）
44 本書の刊行によせて（『荷風全集』全30巻、岩波書店、一九九二年二月）
45 社会科学の批判的検討に向けて（『岩波講座　社会科学の方法』全12巻、岩波書店、一九九二年一一月）
46 漱石小論（『漱石全集』全28巻・別巻1、岩波書店、一九九三年八月）
47 バッハの作品は人類が残した最も完璧な仕事（『バッハ全集』小学館、一九九五年六月）
48 思索への招待（『藤田省三著作集』全10巻、みすず書房、一九九七年三月）
49 『家永三郎集』に寄せて（『家永三郎集』全16巻、岩波書店、一九九七年九月）
50 〔シモーヌ・ヴェイユの本と同じように、あるいはそれ以上に〕（ルーチェ・デーラモ著、齋藤ゆかり訳『逸脱』帯、作品社、一九九七年一一月）
51 私の期待（『岩波日本史辞典』岩波書店、一九九九年七月）
52 新版『宮本百合子全集』に寄す（『宮本百合子全集』全12巻、新日本出版社、二〇〇〇年九月）
53 鈴木道彦訳『失われた時を求めて』の完成を祝す（マルセル・プルースト『失われた時を求めて』全13巻、集英社、二〇〇一年三月）
54 中村稔 頌（『中村稔著作集』全6巻、青土社、二〇〇四年九月）
55 愛国語心の昂揚へ（『広辞苑』第六版、岩波書店、二〇〇八年）

第二章　悼むことば

1 林芙美子の死（『図書新聞』一九五一年七月九日）
2 単純な経験と複雑な経験　森有正――ある哲学者の死によせて（『季刊湯川』第1巻第1号、一九七七年一月）
3 誄〔遠藤麟一朗〕（『墓一つづつたまはれと言へ』一九七九年六月）
4 福永武彦の死（『朝日新聞』一九七九年八月一五日）
5 誄〔中島健蔵〕（『日中文化交流』一九七九年八月一五日）
6 サルトルのために（『毎日新聞』一九八〇年六月三、四日）
7 林達夫を思う（『朝日新聞』一九八四年四月二七日）
8 林達夫　追悼（『月刊百科』一九八四年八月）
9 宮川寅雄先生墓誌（『日中文化交流』一九八五年二月二五日）
10 パリ、ベルン、オッタワ、そして再びパリ（『追悼　萩原徹』一九八五年一〇年）
11 河野夫妻の想出（『回想　河野与一　多麻』一九八六年七月）
12 大窪愿二氏追悼（『追想　大窪愿二』一九八七年九月）
13 「開かれた」心（『愛隣人――笠置正明の想い出』一九八七年九月）
14 ある自由人の死（『朝日新聞』「夕陽妄語」一九八八年二月九日）
15 弔辞〔ルネ・ドゥ・ベルヴァル〕（葬儀のための追悼原稿、一九八八年二月一一日）
16 弔辞〔石川淳〕（『すばる』4月臨時増刊号、一九八八年四月）
17 矢内原伊作の三つの顔（『みすず』一〇・一一月号、一九八九年一一月）
18 松本重治追想（『追悼　松本重治』一九九〇年一月）
19 野間宏または文学の事（『朝日新聞』「夕陽妄語」一九九一年一月一四日）
20 原太郎さんと「わらび座」（『追悼集　原太郎――人とその仕事』一九九一年一二月）

21　悲報来（『朝日新聞』「夕陽妄語」一九九三年七月一九日）
22　山本安英伝説（『朝日新聞』「夕陽妄語」一九九三年一一月一八日）
23　戦後史のなかの丸山真男（『朝日新聞』「夕陽妄語」一九九六年九月一九日）
24　中村真一郎あれこれ（『朝日新聞』「夕陽妄語」一九九八年一月二一日）
25　最後の日（『群像』一九九八年三月）
26　ある友人のために（『朝日新聞』「夕陽妄語」一九九八年九月二一日）
27　「堀田善衞　別れの会」（別れの会での弔辞原稿、一九九八年一〇月一四日）
28　辻邦夫・キケロー・死（『朝日新聞』「夕陽妄語」一九九九年八月二三日）
29　鍋島元子さんの想出（『鍋島元子追悼録』二〇〇〇年一一月）
30　弔辞〔下中邦彦〕（『故下中邦彦　お別れの会　記録』二〇〇二年七月一七日）
31　「江藤文夫年譜」に寄せて（「江藤文夫を語る会」パンプレット、二〇〇五年七月）
32　『江藤文夫の仕事』について（『朝日新聞』「夕陽妄語」二〇〇六年七月一八日）
33　バルバラの小石（『日本文学の光と影』二〇〇六年一一月）
34　誄　白土吾夫さんと日中文化交流協会（『日中文化交流』二〇〇六年一一月一五日）
35　鶴見さんへの敬服（『環』28号、藤原書店、二〇〇七年三月）
36　宮本さんは反戦によって日本人の名誉を救った（『しんぶん赤旗』二〇〇七年七月二一日）
37　呼びかけ人（小田実の葬儀のための弔辞原稿、二〇〇七年八月四日）
38　現代と神話（『朝日新聞』「夕陽妄語」二〇〇八年二月二三日）

〔著者〕 加藤周一（かとう・しゅういち）

1919年東京都生まれ。

1936年東京府立第一中学校卒業後、第一高等学校理科乙類入学。1939年に同校卒業。1940年東京帝国大学医学部入学。1942年中村真一郎、福永武彦、窪田啓作らと文学集団「マチネ・ポエティク」を結成。1943年東京帝国大学医学部卒業（繰り上げ卒業）、同校附属医院医局に勤務。1945年10月「原子爆弾影響日米合同調査団」の一員として広島に滞在し、調査に従事。1951年フランス政府給費留学生として渡仏。1955年帰国、医局勤務。1956年『雑種文化』を発表して活躍。東京大学医学部附属病院に勤務。1958年由良君美らと同人誌を刊行。同年フランス・アメリカで行われた第1回各病看護委員会議に出席。これを機に医業を廃し、作家に専念する。1960年カナダのブリティッシュ・コロンビア大学に講師として招かれ（～1969年）。1969年ベルリン自由大学客員教授。同大学に東アジア研究センターを設立し、初代所長を務める。1971年日本の中国文化交流協会理事として初訪中。1975年上智大学客員教授。1978年イエール大学客員教授。1980年『日本文学史序説』で第7回大佛次郎賞受賞。1983年アメリカのブラウン大学客員教授、同年ウェスリアン大学客員教授を務める。1985年フランス政府より芸術文化勲章を受ける。1986年ブリティッシュ・コロンビア大学客員教授。1988年立命館大学国際関係学部客員教授に就任（～2000年）。1993年朝日賞受賞。2004年『わが回想の森へ』。2008年12月5日逝去。

〔著書〕『羊の歌』『続 羊の歌』（岩波書店、1968年）『日本文学史序説』上・下（筑摩書房、1975年、下巻は1980年刊）『加藤周一著作集』（全15巻・別巻 第I期、平凡社、1978年）『加藤周一著作集』（第II期全9巻、平凡社、1996年）『加藤周一自選集』（全10巻、岩波書店、2009年）、など多数。

〔**編者**〕 **鷲巣　力**（わしず・つとむ）

1944年東京都生まれ。

東京大学法学部卒業後、平凡社入社。

「加藤周一著作集」「林達夫著作集」などを編集。

『太陽』編集長を経て、同社取締役。1992年同社を退社後、フリージャーナリストとなる。

東京大学、明治学院大学、立教大学、跡見学園女子大学などの非常勤講師を経て、現在、立命館大学招聘研究教員、加藤周一現代思想研究センター長、文学部非常勤講師。

〔著書〕『自動販売機の文化史』（集英社新書）『公共空間としてのコンビニ』（朝日新聞出版）『加藤周一を読む』（岩波書店）『「加藤周一」という生き方』（筑摩選書）『加藤周一はいかにして「加藤周一」となったか―『羊の歌』を読みなおす』（岩波書店）など。

称えることば　悼むことば
加藤周一推薦文・追悼文集
二〇一九年九月二〇日　初版第一刷発行

著　者　加藤周一
編　者　鷲巣　力
発行者　日高徳迪
装　丁　桂川　潤

発行所　株式会社 西田書店
東京都千代田区神田神保町二―三四山本ビル
ＴＥＬ〇三―三二六一―四五〇九
ＦＡＸ〇三―三二六二―四六四三
印　刷　株式会社 平文社
製　本　加藤製本株式会社

ISBN978-4-88866-640-4
・定価はカバーに表示してあります。
・落丁本、乱丁本はお取替えいたします（送料小社負担）。

頁968／判型（本＋○○六判）

A5判／

ク、AERA、……の連載の6回分を……に連載した毎日新聞、……の連載の6回分を……日録、日々の……二〇一三……まで連載した。

年譜 日録る。

新聞連載 [1983-2016]

（本＋○○六判）判型

頁967／四六判／

二〇一三年三月三日「日本ペン」に連載した……一冊にまとめた。

人びとと私の書物 [1995-1997]

井・井田草平・……日本・……九五年・

西田書店／編